ハッピーバースデー

青木和雄　吉富多美

装画　藤原ゆみこ
装丁　室町晋治

ハッピーバースデー　目次

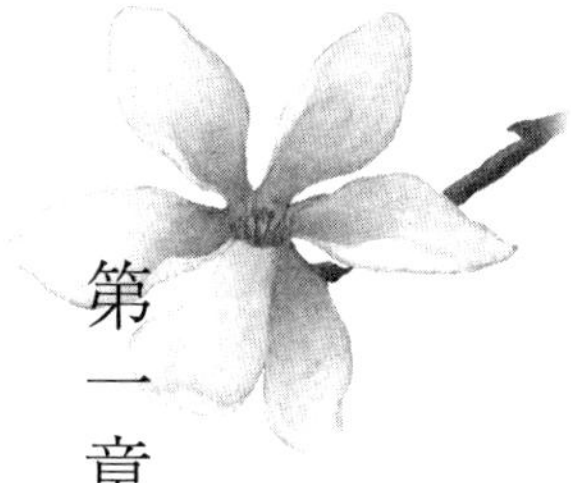

第一章

バースデーケーキ

「おまえ、生まれてこなきゃよかったよな。」

電子レンジで温めたカレーを、器用に二つの皿にとりわけながら直人《なおと》がいった。レトルトカレーのあまずっぱい匂いが、キッチンいっぱいに広がった。

あすかはうつむいて自分の喉を強くつまんだ。

「おまえさ、ママがバースデーケーキを手にして、すぐにも帰ってくるなんてさ、すっげえあまい期待してないか。」

あすかをからかうように直人は眉を持ち上げていった。今日はあすかの十一回目の誕生日だった。

「別に思ってないけど……。」

小さな声であすかは答えた。グラスにミネラルウォーターを注ぐ。水を飲みほすあすかの喉は、つまんだ指の跡で赤黒く変色していた。

スプーンでカレーとご飯をカチャカチャと混ぜこみながら、直人はあすかの様子を楽しそうに見ている。あすかは一口食べるごとに柱時計を見上げていた。母親の静代の帰りを待っているのがありありと見てとれた。

「さっきから何回時計見てんだよ。期待なんかしてもムダだよ。ママにはおまえの誕生日よりずっとずうっと大事なもんが山ほどあるのさ。」

直人が口の端をゆがめていった。あすかはがくんと首をうなだれる。指で喉をつまみながら思っていた。

——お兄ちゃんのいう通りかもしれない。

——時々ママはあすかを忘れてしまうみたい……。

静代が自分を避けているのをあすかは薄々感じている。兄の直人へ注がれる静代の期待と愛情を、妬ましく思うこともあった。あすかが静代の視線をとらえようとすると、静代はするりと上手に視線をかわした。家にいてもいつも迷子になっているような心細さを、あすかは感じていた。

あすかは喉をつまむ細い指に力を入れる。「あまい期待」と簡単にはあきらめられない、祈るような思いを捨てきれなかった。

「去年だってその前の年だってケーキを買ってきてくれたもの。ママはちゃんとあすかの誕生日をしてくれたもの。」

誕生日は迷子のあすかを静代が探しにきてくれる日だった。あすかが静代の視線の中に入れる唯一の日だった。

「去年まではパパがいたからね。良い母親をしていますっていうママのためのセレモニーさ。」

直人にしては珍しくおさえた静かな声だった。あすかは大きく目を見開いて、まばたきもせずに直人を見つめている。直人はスプーンに山盛りにしたカレーを、大きく開けた口の中に押しこんだ。

「かけてもいいぜ。ママはさ、おまえの誕生日のことなんかすっかり忘れてるよ。」

口を動かしながら直人がいった。あすかの目に涙が溢れた。あわててあすかは目を伏せた。

「そんなことないよ。ママはあすかの誕生日を忘れたりしないもの。」

あすかは震える手で喉をつまんだ。

悲しみが溢れそうになると、あすかは息ができないほどの心の痛みに襲われた。その痛みに耐えるために、いつの頃からか喉をつまむようになった。悲しみが増すにつれてつまむ力も強くなり固いしこりとなった。血がにじむほどの痛みにあすかは歯を食いしばって耐えていた。その瞬間だけ心の痛みから解放された。

「おまえさ、算数のテスト二十点だったんだってな。理科は十二点だっけか。おまけに授業は上の空で、先生に叱られたそうじゃん。」

直人がクックツと笑っていった。

「そんなバカな子はママ嫌いだってさ。あすかなんて、生まなきゃよかったっていってたぞ。」

怒りがこみ上げてきた。あすかはグラスをつかむと、思いっきり直人の顔に水をかけた。不意をつかれた直人は頭から水をかぶった。

「何すんだよ。信じらんねえ、このタコ！」

髪から水をしたたらせながら直人はどなった。あすかはすばやく自分の部屋に逃げこんだ。バタンとドアを閉めるとどっと涙が溢れてきた。

――ママがあすかを生まなきゃよかったなんて、いうはずないじゃない……。

きりきりと心が痛む。胸の奥から悲しみがせり上がってきて、あすかはオウオウと犬の遠吠えのような呻きをあげた。

――あすかだってお兄ちゃんとおんなじ、パパとママの子なんだから……。

――お兄ちゃんなんか、大っ嫌いだ。

苦しさに呻きながらあすかは直人を呪った。

泣き疲れて眠ってしまったあすかは、にぎやかな静代の笑い声で目が覚めた。

そっと部屋のドアを開けると、リビングから直人と静代の話し声が聞こえてきた。

「あいつにさ、水ぶっかけられたんだよ。」

「ひどいことするのね、あすかは。まったくどうしようもない子だわ。」

お酒が入った静代の声は、普段よりずっと大きく甲高くなっている。

「ママがあすかの誕生日を忘れたからってさ、なんで、僕が水をかけられなきゃいけないんだよ。」

「あっ、そうか。今日だったんだ。あすかの誕生日。」

「やっぱり忘れてた。」

「だって忙しかったんだもの。でもねえ、お誕生日をしてほしかったら、あすかも努力すべきよ。直人くんみたいに、お勉強もできていい子だったら、ママ絶対に忘れないのに。あすかは何をやらしてもだめなのよね。直人くんと比べて何一ついいとこないんだもの。」

静代はふうっと大きく息をこぼす。

「ああ、あすかなんて、本当に生まなきゃよかったなあ。」

軽い口調で静代はいった。あすかの存在を完全に否定する言葉だった。あすかは息をのんだ。心が火にあぶられるようにひりひりと痛む。あすかはちぎれるほどに強く喉をつまんだ。

——ママのいじわる！　ひどいよ、ママ！

あすかの叫びは降り出した雨の音に消された。耳に届かない声の頼りなさに、あすかは不安になった。

——声が……、声がでない……。

窓を開けてあすかは叫んだ。

——助けて！　誰かあすかを助けて！

あすかは声をふりしぼった。それでも耳に届くのは雨の音ばかりだった。あすかの叫びはただ小さな息となって、六月の雨のスクリーンへ吸いこまれていった。

あすかはぶるぶると震えながら、闇の中に立ちつくした。


雨が音を立てて窓に当たる。

「嫌な雨……。」

静代はつぶやくと勢いよく窓のカーテンを閉めた。雨の音を遮るようにフランス語会話のテープをセットして、ボリュームを上げる。二十年前に使っていたテープだったが、音の劣化はさほど気にはならなかった。

テープを聞きながら静代は化粧水をつけた手で、風呂上がりの肌をパタパタと叩く。

——ええっ。藤原さん、四十三歳なんですかあ、うっそみたい。うちの母、五十過ぎてますけど、藤原さんよりずっと若く見えますよう。着るものとか化粧品とか気をつけないと、仕事テキにも絶対損しますよう。

職場の年若い上司にいわれてから、静代は化粧品を買い揃え、スーツも派手めなものに買い替えた。仕事に絶対不利だというなら、多少の投資は止むを得ないと思った。

鏡に映る自分の顔を静代はまじまじと見た。やつれて、目の下にうっすらと隈ができている。目尻と頬にかけてシミとそばかすが浮き出ていた。

――藤原さんの結婚生活って、あんまし良くなさそう。自分のためにお金を使えないってこと、一目でわかっちゃうもの。肌にも気持ちテキにもパサパサしてて、全然潤いがない感じね、ケチっぽい匂いがするう。

恐れを知らない若いキャリアの率直な物言いには、たじたじとなってしまう。静代は苦笑しながら、パサパサ乾いた肌に念入りにクリームを塗る。

静代より十歳年下の上司は話言葉は稚拙だが、フランス語、英語、スペイン語を使いこなす。その語学力は見事なものだった。半年ほど前から、静代は通訳と翻訳を請け負う大学時代の友人の会社で働き始めた。小さな会社だったが活気に溢れていた。

――藤原さん、パソコンもできないんですかあ。やだあ信じらんない。戦力外のぽんこつなんだ。全然使えないじゃないですかあ。

蔑むように静代を見て上司はいった。恨めしくなるほどの率直さで。静代は髪にあてていたブラシを鏡台に叩き付けた。

わたしだって、と静代は思う。ずっと仕事を続けていれば、あんな若い子にとやかくいわれないキャリアを積んでいたはずだ、と。静代は、国立大学の仏文科を卒業して結婚するまで、フランス企業の代理店で広告誌の編集をしていた。信託銀行に勤務する夫の裕治は転勤が多く、静代が仕事を続けることは困難だった。条件が整い、直人を保育園に預けて働こうとした矢先に、あすかを妊娠した。つわりがひどく、仕事どころではなくなった。その時の悔しさを静代は今でも思い出す。

「あすかのせいだわ。あすかを妊娠した時から、わたしの計画が狂い始めたのよ。あの子は疫病神だわ。」

口に出して静代はいった。主婦業は苦手だったが、それでも直人の育児は楽しかった。静代の期待以上の答えを、直人は常に出してくれた。

「あすかには、期待を裏切られてばかりだったわ。」

静代は唇を嚙む。手帳には、家族の誕生日に蛍光ペンで印がついている。直人と裕治の誕生日にはマル印で、あすかの誕生日はバツ印で。

努力家で継続を善しとする静代が、あすかの誕生日を忘れるはずはなかった。言い過ぎたと思ったのか、上司が食事に誘ってくれた。断るわけにはいかなかった。今は何よりも、仕事場でのポジションを確保することが優先する。

「何よ、わたしの苦労も知らないで。」

怒りがあすかに向かう。直人に水をかけるなど許せないことだった。

「失敗だったわ。」

静代はベッドに腰かけてタバコに火をつけた。夫婦の寝室はシングルベッドが二つ並ぶと、ほとんど隙間がないほど狭い。名古屋に単身赴任をしている裕治のベッドは、静代の脱ぎ散らかした洋服や洗濯物で埋まっていた。

夜が更けていく。

テープからは幸せな夫婦の語らいが聞こえてくる。静代はリモコンを取って電源をオフにした。楽しそうな会話と笑い声。静代の現実からは遠く離れた世界だった。静代はタバコの煙を深く吸い、長く吐いた。

「やっぱり、あすかは生むべきじゃなかったわ。」

静代はいって強く頭をふった。

幸せ探し

蒸し暑い朝だった。空気も空の色もどんよりと重い。

「直人くん、ほら時間よ。早くしないとバスに乗り遅れるわよ。」

時計を見ながら静代がいった。

「やっばい。」

直人は急いで牛乳を飲む。ちらりとあすかを見た。赤く泣きはらした目をして、黙々とパンを食べている。

「おまえいいかげんにしろよ。何怒ってんだよ。」

ずっと無言のままのあすかに直人がいった。あすかは顔をあげて、首を左右に振った。怒っているわけじゃないことを伝えたかった。

「直人、早くしなさい。」

静代に強く促されて直人は席を立った。直人の通学する私立中学までは、バスと電車を乗り継いで一時間は優にかかる。もうタイムリミットだった。直人が家を出ると、リビングのテーブルには静代とあすかと二人が向かい合った。

静代は何も気づかないふりをして、コーヒーを右手に新聞を読んでいる。あすかはすがるような目で静代をじっと見つめた。

——ママ、声が出ないの。

——あすかはどうしたらいいの？

あすかの必死な眼差しを遮断するように、静代はバサバサと大きな音を立てて新聞のページをめくった。あすかの思いなど受け止める余裕はなかった。

桜小学校五年一組には、三十二名の児童がいる。あすかは目立つ存在ではなかったが、行儀よく手をひざにのせて、話す相手にしっかりと目を当てている子だった。

「さあ、教科書を開いて。」

担任の橋本敦子が児童の顔を見回していった。朝からずっとうつむいたままのあすかに目が止まった。橋本はあすかを指名した。

「藤原さんに読んでもらおうかな。」

あすかは一瞬大きく目を見開いた。戸惑うような顔で橋本を見ている。

「二十四ページの三行目からだよ。」

小さな声で隣の席の子がささやく。あすかは教科書を持って、ゆっくりと立ちあがった。読もうとしても声は出ない。右手を喉に当てて苦しそうに顔をゆがめた。

「どうしたの、藤原さん。」

教科書から目を上げて、橋本がいった。

「先生、あすかちゃんね、すごく変なんです。声がね、出ないみたい。」

隣の席の子がいった。肩をすぼめて立ちすくむあすかに、クラス全員の注目が集まった。橋本の背筋を冷たい汗が流れた。

「そうか、藤原さんは風邪をひいて声が出ないのね。先生、気がついてあげないでごめんね。あとで先生と保健室へ行きましょうね。」

余計な詮索からあすかを守りたいと橋本は思った。小さな異変がいじめに繋がらないとも限らなかった。

「先生。僕もね、先週風邪をひいて四十度も熱を出したんだよ。」

「おまえうるさいからさ、藤原みたく声の出なくなる風邪だとよかったのにな。」

「ひどいこというなよ。声を取り上げられたら誰だって辛いと思うよ。藤原さん、早く治るといいね。」

いつも授業を脱線させる子どもたちが、大きな助け船を出してくれた。

「そうだよね。みんな優しいね。五年一組は本当にいいクラスだね。」

橋本は心からそう思った。張り詰めたあすかの顔がほっと和らいだ。

保健室の丸い回転イスに、あすかと橋本は向き合って座った。あすかは緊張で喉がひりひりと痛くなった。

「わたし、藤原さんの味方になるって誓うわ。」

軽く右手を上げて橋本は宣誓する。薬指には真新しいシルバーの指輪が光っていた。

「藤原さんの力になりたいの。何でもいいわ、お話ししましょう。」

あすかの小さな手の上に橋本は自分の手を重ねた。温かさが伝わってきてあすかの心に染みていく。こくんとあすかは首を縦に振った。

「さあ、何を話そう。思ったままをここに書いてみようか。」

橋本はスケッチブックをあすかの膝の上にのせた。サインペンを手にして、あすかはスケッチブックの白いページをにらんでいる。

「一、先生は、幸せを知っていますか？」

あすかの書いた最初の質問に、

「はい、知っています。今もとっても幸せよ。」

と橋本はにっこり笑って答えた。あすかはサインペンを握りしめながら、ふと考える顔をした。

スケッチブックに次の質問を書いた。

「二、どうして、幸せだと思うのですか？」

あすかの手元をのぞき込んで、橋本は弾んだ声をあげた。

「幸せ探しね。それなら自信があるわ。」

微笑んで、橋本はいくつもの幸せを思い浮かべた。

「五年一組のみんなといる時間は、とても楽しいな。みんなの笑顔を見ていると、幸せを感じるわ。心から愛する人たちと出会えたことも幸せなこと。愛されていると感じる時も、すごく幸せだって思うわ。」

薄いピンクのルージュをひいた橋本の唇から、優しい言葉がこぼれ落ちてくる。あすかは形のいい橋本の唇をじっと見つめていた。

——こんなふうに、ママと話してみたいな。

——いろんなことを、ママと一緒に考えてみたいな。

——一緒におしゃべりをして、笑いあえたら素敵だろうな。

あすかの心の奥から感情が一気に流れ出してきた。

「先生、わたし良い子になりたい。」

橋本はあすかの口の動きを読み取って声に出した。

「藤原さんは優しいし思慮深いもの。今でも充分良い子だと思うけどな。」

あすかは大きく首を左右に振った。

――ママに愛されるような、良い子になりたい……。

あすかの目に涙が溢れる。肩を震わせ声を殺してあすかは泣く。スケッチブックの「幸せ」の文字の上にポトポトと涙が落ちた。

「とても悲しいことがあったのね。」

橋本がいうとあすかは涙で濡れた顔を上げた。

「辛かったのね、かわいそうに。」

震える小さな肩を抱いて橋本はいった。あすかがいじらしくて胸がいっぱいになった。

呼び出し

冗談じゃない、と静代は思っていた。児童相談室に通され、もう二十分も待たされている。

静代は足を組み腕を組む。時計が一分進むごとに苛立ちが募ってくる。

会社へ橋本から何度も電話があった。「あすかさんのことで、すぐにも話したいんです。時間を作ってください、お願いします」と切羽詰まった口調でいわれ、静代はしぶしぶ学校へ来た。

「それなのに、待たせるってどういうことよ。」

吐き捨てるように静代はいった。だいたいあすかのことで、仕事の時間を取られたことが口惜しくてならなかった。必死でパソコン操作を覚え、錆びた頭をフル回転してようやく自分のポジションを見つけたばかりだった。

――この忙しいのに早退ですかあ。責任感がない部下って、わたし嫌いだな。学校から呼び出されるような子育てしないでくださいよう。

上司の嫌みをたっぷりと浴びながら、静代は会社を後にしてきた。

「すみません、会議が長引いちゃって。お待たせしました。」

はあはあと息を弾ませて橋本が入ってきた。

「急用っていうから、会社を早退してきたんですよ。」

自然に静代の声が尖った。

「すみません。」

「わたし忙しいんです、早く済ませてもらえませんか。」

「はい。あすかさんの声が出ないんです。ご存じでしょうか。」

忙しい忙しいを連発する静代を必死で説得したこともあって、橋本はいきなり本題に入った。

「声、ですか？」

眉根を寄せて静代が聞き返した。

「そうです。何か心当たりはありませんでしょうか。」

あすかの今朝の様子を静代は思い返してみる。そういえば、直人が「いいかげんにしろ」とあすかにいっていたような……。

「そのことなら、ちょっとすねているだけです。ご心配には及びません。明日からはちゃんと声を出すように、あすかによくいっときますから。」

静代はいい、バッグを摑んで立ち上がりかけた。

「待ってください。」

「わたし、通訳の仕事を始めたばかりですごく忙しいんですよ。こんなことぐらいで、二度と呼び出したりしないでください。」

「お母さん、お願いです。」

叱らないで、あすかさんを叱らないで。その言葉を、ようやくのことで橋本は飲み込んだ。飲み込むと同時に涙が溢れてきた。静代はぎょっとした顔で橋本を見る。ふうっと大きく息を吐いてバッグを置いた。

「先生は大袈裟に考えすぎているんですよ。娘のことは、先生より母親のわたしの方がようくわかっていますよ。」

やれやれというように、静代は声を和らげ腰を下ろした。

「そうでしょうか、大袈裟でしょうか。」

橋本は涙目でいう。静代はふっと笑って、白いスーツの襟に手をやった。足を組み直して肩をそらした。

「あすかは、お誕生会をしてもらえなくてすねているんですよ。ゆうべ、急に通訳の依頼があって、わたしの帰りが遅くなりましてね、できなかったんですよ。仕事ですから仕方ないんです。それなのにあの子、お兄ちゃまにまで、当たり散らしましてね。本当にどうしようもない子ですわ。」

早口でしゃべりまくる静代の顔にうっすらと汗が浮かんだ。バッグからハンカチを取り出して静代は顔に当てた。

「あすかさんは、どうしようもない子じゃありませんよ。とても優しいお子さんです。」

静代の言葉が信じられないというように、橋本は目を大きく見開いた。スケッチブックに手を置いてあすかの気持ちを思った。

「お母さんの、おめでとうの一言が欲しかったのかもしれませんね。」

痛い所を突かれ静代は赤面した。

「あすかさんの声が出ないのは、ストレスのせいではないかと思うんですが。」

慎重に言葉を選びながら橋本はいった。

「家では何の不自由もさせておりませんもの。ストレスなんて、絶対あるはずがないですよ。」

「でも、あすかさんの気持ちをもう少し。」

いいかけた橋本の言葉を、静代は両手を上げて制した。

「ストレスがあるとしたら、問題は学校じゃないかしら。クラスでいじめとかないんですか。

そのあたりの指導は、きちんとされているんでしょうね。」

静代は反撃に出た。きつい目で橋本をにらみ、長い爪の先でトントンと机を叩く。

「わたしは、いじめはあるのが自然だと思っています。」

橋本は背筋をぴんと伸ばしていった。

「先生がいじめを認めるなんて驚きですね。大変な問題だわ。」

眉を上げて静代はいう。

「誤解なさらないでください。いじめはいけないことです。」

「あるのが自然なんでしょ。」

「子どもたちは失敗を重ねて、ぶつかりあって成長していきます。行為を禁止するのではなく
お互いを大事にする心を、日常の中で学んでいってほしいんです。」

橋本の真剣な眼差しに静代は気圧《けお》されそうになる。会社の上司と同じ年頃だろうか。肌が白く、品の良い顔立ちをしている。

「わたし、子どもたちとはゆったりと付き合っていきたいと思っています。悪いところも良いところもひっくるめて、認めていける力を身に付けたいなあと……。」

「ずいぶん呑気なんですね。だから、あすかの学力も伸びないんだわ。あすかは私立中学を受験するんです。余計なことはいいです、宿題をもっと出して厳しくしてくださいよ。基礎学力を身に付けさせることは学校の責任でしょう。」

静代に責められ、橋本はぺこりと頭を下げた。

「ご指摘ありがとうございます。わたしもまだ未熟ですので、行き届かないところがたくさんあると思います。率直にいっていただいて嬉しいです。」

静代の顔がようやくほころんだ。さあ、あすかの思いを伝えよう、勝負はこれからだと、橋本は気合いを入れ直した。

「これを見てください。」

橋本はスケッチブックを開いた。静代の目がゆっくりと動く。

「あすかさんが書いたんです。ちょっとすねただけで、わずか十一歳の子が幸せの意味なんて考えるでしょうか。」

静代の頬がぴくぴくとふるえた。

「字がにじんでいるのは、あすかさんの涙の跡です。あすかさんは、お母さんに愛されるような良い子になりたいと……、そういって……。」

声が詰まった。あすかの思いが橋本の胸に溢れてきた。目の奥がじんじんと熱くなる。橋本はそっと目頭を押さえた。

「あすかさんに『愛している』って、そういってあげてください。」

しばらくの間、静代はうつむいてきれいにマニキュアをした爪を弾いていた。短いため息を何度かこぼして、

「できないわ。あすかはダメ。あの子は愛せない。」

かすれた声でいった。

「どうしてだめなんですか。お母さんなのに、どうして……。」

橋本の声がついつい大きくなった。どうしてなんだろうと静代は思った。考えると頭痛がしてきた。

湿った風が雨の匂いを運んでくる。クーラーのない相談室の室温はかなり高くなっている。橋本の額にも静代の額にも汗が浮き出ている。

「わたしの妹も、あすかさんと同じような状態でした。」

橋本はいい、ハンカチを額にあてて汗を押さえた。

「中学生の時に、いじめがきっかけで声が出なくなったんです。最初、家族は全然気づかなくて、ケアが遅くなってしまいました。」

眉根を寄せて、静代は橋本を見た。

「妹の場合は場面緘黙《かんもく》でした。学校では声を出せなくても、家では普通に話していました。母が優しい人でしたから、妹も安心していられたんだと思います。」

悪かったわね、優しい母じゃなくて。静代は心の中でいい返していた。背中を汗が流れていく。湿度はどれくらいだろう。いつまでここにいなくてはいけないのだろう。静代はうんざりして、腕時計に目をやった。

「妹の心の傷は深くて、十年経った今でも人の輪の中に入れないでいます。」

橋本は静代をまっすぐに見ていった。

「あすかさんが声を取り戻すためには、お母さんとご家族のサポートが必要なんです。一刻も早く、あすかさんと一緒にカウンセリングを受けてみてはいかがでしょうか。」

「余計なお世話です、放っといてください。教室の中のあすかだけ、ちゃんと見ていてくれればそれでいいですから。家庭の中のことにまで、口出ししないでください。」

強い口調でいい、静代は憤然と席を立った。

開けた窓から雨が吹き込んできた。

静代はあわてて窓を閉め、エアコンをつけた。ザアザアという雨の音が、静代の尖《とが》った神経に突き刺さった。静代はこめかみに指をあてて軽くもむ。

「まるでわたしが母親失格みたいね。一生懸命やってるのに、これ以上わたしにどうしろっていうのよ。」

不意に静代の目から涙がこぼれた。

——直人は大好き。でも、あすかはダメ。あの子を見ていると落ち着かなくなる。

——心の奥で、何かが騒ぎだすのよね。

——チクチクするものが、この辺に突き刺さるような気がするのよ……。

静代は自分の胸を尖った爪でつっついた。

「みんなわたしが悪いっていうの。冗談じゃないわ。子どものいない若い教師に、母親の気持ちがわかるもんですか。」

吐き捨てるようにいって、静代はティッシュではなをかんだ。

——親子だって相性ってものがあるのよ。あすかをだきしめるなんて……。

——なんでだろ。できないわよ……。

静代は鼻にティッシュをあてたまま、雨に煙る外の景色をぼんやりと見ていた。

「腹へったなあ。夕飯、まだ?」

背後で直人の声がした。いつのまにか帰ってきた直人は、冷蔵庫のドアを開けて食べ物を物色していた。

「もうそんな時間なのね。まだ支度してないのよ。学校へ呼ばれて、今、帰ったばかりなんだもの。」

赤くなった鼻をティッシュで隠すようにして静代がいった。

「またあすか?　あいつ、今度はなんだって?」

「それがねえ……。」

なんと説明しようかと、静代が考えあぐねていると、

「いじめだろう。ああいううざったいのって、いじめられるタイプなんだよな。」

すかさず直人がいった。

「あ……。」

静代は小さく声を漏らした。

「そうなのよ。それで、あすか声が出なくなったらしいの。先生もまだ若いから、よく子どもたちのこと指導できてないのよね。困ったもんだわ。」

笑みを浮かべて静代はいった。

——違うよ、ママ。

——そうじゃない……。

あすかはリビングのドアノブを摑んだまま、廊下に立ちすくんでいた。

直人とあすか

おふくろが体調を崩している、手伝いにきてやってくれと、ゆうべ遅く名古屋にいる裕治から電話があった。静代は取るものも取りあえず、朝早い新幹線に飛び乗った。裕治にいわれれば、何をさておいても駆け付けるしかない。

——仕方がないわよ、嫁の務めだもの。

静代は思いながらも仕事のことが気になった。けれどそんな思いを口にすれば「じゃあ辞めろよ」と、即座に裕治はいうだろう。藤原家のボスは裕治なのだから従わざるを得ないのだと、静代は自分を納得させた。

名古屋支店に赴任した裕治は会社の用意した社宅には入らず、義母のいる市内の実家に戻った。裕治にとってはとても快適な生活だった。

——おふくろの料理は美味しいから、五キロも太ったよ。

嬉しそうにいわれると、料理下手の静代は惨めな思いをした。仲の良すぎる母と息子の関係は静代を不安に陥れる。

三人がけの窓側の席に座って、静代は通り過ぎる風景に目を向けていた。

——少なくとも今は必要とされているわ。

義母の体調を案じる余裕などなかった。妻としての存在価値。それを裕治に認めさせるいい機会としなければ。永久就職といわれた結婚が、意外ともろく不安定な就職先であることを静代は知っている。裕治の妻というポジションは静代の心の砦だった。たとえ形だけだとしても失うわけにはいかなった。

列車はトンネルに入る。暗い窓に映る静代の顔は緊張でこわばっていた。静代は腕時計を見る。直人が家を出る時間だった。

——もう学校へ行ったかしら、忘れ物はないかしら。

直人のことを思うだけで、静代は晴れやかな気分になる。あすかのことは忘れよう、考えるだけで胸が塞いでくる。

——そうよ、忘れよう。

――次は名古屋なのだから……。


「今日も一日中、雨かあ。」

テレビの天気予報を見て、直人は舌打ちをした。雨はもう十日も休みなく降りつづいていた。

「あすか、戸締まりちゃんとして行けよな。」

直人はあすかを振り返っていった。どんよりとした目で直人を見上げ、あすかは小さくうなずいた。

直人は駅までの道を急ぎ足で歩く。制服の紺のズボンの裾は、雨を含んですぐに重くなった。

「あいつ、いったいどうしたんだろ。」

歩きながら直人は独り言をいった。からかっても頭をこづいても、全く反応しないあすか。

連日の雨があすかの存在を溶かしていくようだった。さすがの直人も気になった。喉のはれもひどくなっている。

「いじめが原因ならなんとかしなきゃ。なんでママはほっとくのかな。」

直人の独り言を地面を打つ雨が消していった。

午後になっても雨の勢いはいっこうに衰えなかった。ザーザーと激しい音を立てて降り続けた。直人の新品の革靴はたっぷりと雨を吸い込んで、歩くたびに耳障りな音を立てた。

直人が家のドアを開けると、玄関にあすかがうずくまっていた。周囲には水たまりができていて、あすかの長い髪からはまだ滴がぽたぽたと落ちていた。

「あすか、こんなところで寝るなよ。」

肩を揺するとあすかは崩れるようにその場に倒れこんだ。

「おい、あすか。どうしたんだよ。」

抱え起こそうとしたあすかの体は、燃えるように熱かった。ぐったりとしたあすかを抱えて直人は焦った。

「どうしよう、どうすればいいんだよ。」

途方にくれる直人の背中で、玄関のインターホンが鳴った。

「桜小学校の橋本と申しますが……。」

ドア越しに聞こえる橋本の声に向かって直人が叫んだ。

「助けて！　早く、助けてよ。」

橋本がドアを開けて飛び込んできた。

「藤原さん！」

驚いてあすかに駆け寄る。

「すごい熱なんです。僕、どうしていいか。」

橋本はあすかを抱き抱えてベッドに運んだ。濡れた体を拭き、着替えをさせ、熱を測った。

「大変。四十度ですって。」

あすかはぐったりとして荒い息をしている。

「だいじょうぶでしょうか。妹は死んじゃうんでしょうか。」

不安そうに直人は眉を寄せた。

「近くに校医の井崎先生がいらっしゃるから、往診をお願いするわね。あなたはお父さんかお母さんに連絡してちょうだい。」

はいとうなずいて直人はリビングに走った。すぐに静代の携帯電話を呼び出した。

「もしもし、ママ。あすかがね、大変なんだ。熱が四十度近くあってね……。」

急き込んで直人がいうと、静代は静かに笑っていう。

「心配ないわ、あの子は大丈夫よ。健康だけが取り柄なんだから、寝てれば治るわ。」

直人は耳を疑った。

「うそだろ、ママ。そういう場合じゃないって。本当に大変なんだから……。」

「ママだって大変なのよ、おばあちゃんがうるさくて。あすかのことは、いいからほっときなさい。」

携帯電話の電波が途切れ、それっきり電話は繋がらなくなってしまった。

「まじかよ。僕にどうしろっていうんだよ。」

受話器を持ったまま直人は呆然とした。


往診にきてくれた医師の手当てを受けて、あすかの容態は落ち着いてきた。薬が効いたのだろう。呼吸がずいぶん静かになった。ベッドのそばにイスを並べて橋本と直人は座った。二人であすかの寝顔を見つめている。

「熱が下がってきてるわね。もうだいじょうぶ。よかったわね。」

そういって橋本はタオルで、あすかの額の汗をふいた。緊張していた直人は、身体の力が抜けていくのを感じた。

「ありがとうございました。本当に助かりました。」

涙声で直人がいった。安心したら涙がこぼれそうになった。

「僕一人だったら、あすかはどうなっていたかわかりませんでした。」

直人は丁寧に頭を下げた。

「お母さん、すぐに帰ってきてくれるんでしょ。」

橋本に訊かれ、直人は恥ずかしそうに色白の頬を赤くそめた。

「母は、今朝早く名古屋にいる父のところに出かけているんです。今日は泊まりになるっていってました。」

「えっ、あすかさんがこんな状態なのに？」

目を丸くして橋本は驚いている。

「母は全然心配していません。あすかはもともと体がじょうぶだから、寝てれば治るって、そういっていました。」

静代の言葉に含まれる悪意を、直人はあらためて感じた。身震いがしてきた。怒りで顔が熱くなる。

「まいったな。」

苦笑して橋本はいった。

「ほんとに、まいった親です。」

直人は口の端を歪め、泣きそうな顔になった。

「いいわ、頼もしいお兄ちゃんがいるもの。お兄ちゃんに頑張ってもらいましょ。」

直人を勇気づけるように、橋本はわざと明るい声をあげた。静代との面談決裂の件を直人に話す。

「わたし急ぎすぎたみたい。お母さんを怒らせてしまったの。」

橋本の顔に後悔の色がにじんだ。

「あすかさんはね、とっても苦しんでいるの。助けを必要としているのよ。お兄ちゃん、力になってあげてくれるかな。」

直人の顔をのぞきこむようにして橋本がいった。直人の胸が大きく波打った。あすかの心の痛みにまるで気付かなかった。

「あすかさんは、助けてほしいという信号を送っていたと思うの。でも受け取ってくれる人がいなかったのね。わたしも、もっと早く信号に気付いていればよかった。かわいそうなことをしちゃったな。」

自分の体を傷つけ血を流しながら、あすかは信号を送り続けていた。直人にも橋本にも。そして誰よりも強く静代へ向けて。

「喉をつまむ癖って、あすかの信号だったんだ。」

直人は自分の喉に指をあててみた。

「どんな信号だったと思う?」

橋本に訊かれ、直人はわからないと首を左右に振った。

「わたしはここにいるよ、忘れないで。そんな信号だと思うな。自分の存在を誰にも認めてもらえなかったらすごく辛いもの。心が死んでしまうわ。」

「あすかもそうなんですね。心が死にそうだったんですね。」

消え入りそうな声で直人はいった。

「お兄ちゃんには、あすかさんへルパー第一号になってもらわなくちゃ。」

橋本は幸せの意味を問うあすかが、痛々しくてならなかった。あすかの幸せのために何ができるだろうかとずっと考えていた。

「力を合わせようね。あすかさんのことで何かあったら、いつでも知らせてちょうだい。わたしいつでも飛んでくるわ。」

橋本はメールアドレスを書いた紙を直人に渡した。


あすかの机で予習をしながら、直人はあすかの様子を見守った。

――あすかさんは、助けてほしいという信号を送っていたと思うの。でも受け取ってくれる人がいなかったのね。

橋本の言葉が直人の心の中でリフレインしている。

――わたしはここにいるよ、忘れないで。そんな信号だと思うな。

直人はあすかの信号を無視し、あざ笑い、からかってきた。その度にあすかがどんなに傷ついていたのか思いもしなかった。

教科書を閉じて、直人は深いため息をつく。降る雨の音が暗く重く心に響いた。

あすかが目を覚ました。直人はベッドに駆け寄って、

「気分はどう？」

と優しく声をかけた。熱を帯びたとろんとした目で、あすかは直人を見上げている。

「腹、減ったろ。橋本先生がおかゆ作ってってくれたよ、食べるか。」

直人がいうとあすかは遠慮がちに小さくうなずいた。直人の優しさにあすかは戸惑っている。

「持ってきてやるからな。待ってろよ。」

直人は急いでキッチンに行った。おかゆを温めてあすかの枕元に運んできた。

「すごい熱だったんだ。起きるのはまだ無理だからな、ほら口を開けろよ。」

ぎこちない手つきで、直人はあすかの小さな口にスプーンを運ぶ。

「これ食べたら、薬も飲むんだぞ。」

あすかはこくんと首を振った。おかゆを飲み下すたびに、赤く腫れた喉が動く。嫌でも直人の目に入った。

すごく痛そうだ、と直人は思った。あとで薬を塗ってやることにしよう。もう信号を見逃さないようにしないと。直人の胸にあすかへの思いが溢れてきた。

おかゆを食べ終わると、あすかの頬にようやく赤味がさしてきた。あすかの唇が動いて、何

かを伝えようとしているようだった。

「ん、あすか。なんかいった？」

直人はあすかの唇の動きに合わせて、自分の口を動かしてみる。

「生まれて、こなきゃよかった……。そういったのか、あすか。」

頬を涙で濡らしてあすかはうなずいた。妹の悲しみが、激しい勢いで直人の心に流れてきた。胃の辺りから熱いものがせり上げてくる。喉も目も熱くなり、直人はたまらず嗚咽をあげた。涙と鼻水が溢れ、直人はあわててタオルでぬぐった。大きな大きな後悔の波が直人の心に押し寄せてくる。

何気ないからかいのつもりだった。言葉の持つ重さを直人は知り、心から悔いた。

「ごめんな。」

他に思いを伝える言葉が見つからなかった。

「ほんと、ごめん。」

心を込めて直人はいった。はなをすすりながら、直人はあすかの頬の涙をタオルで拭いてやった。

深夜を過ぎて雨の音は静かに優しくなっていた。

希望の星

夜のベランダで静代は風に当たっていた。見上げると空にはいくつか星が瞬いている。静代はふうっと長いため息をついた。

直人くんが変わってしまった、と静代は思う。夫よりも父母よりも、おそらくは自分よりも深い愛情を注いできた息子。この世で唯一信じられる存在。その直人から刺々しい視線を浴びたばかりだった。

夕食の後だった。

「直人くんの好きな、十番館のケーキ買ってきたわよ。」

静代がいうと「僕とあすかの、だろ」と直人はいい、「あすか、ケーキだって。どれがいい？」とあすかを振り返った。優しいほほ笑みを浮かべて。

「あら、あすかはケーキが嫌いだもの、食べないわよ。」

ケーキを入れる小皿を二つ、静代はテーブルに並べる。直人と自分の分。フォークを出し皿に添える。いつもならそうか、そうだねという直人が、「あすかは、ケーキが大好きだよ。何にも知らないいんだね、母親なのに」棘《とげ》のあるいい方をした。

静代はかなり傷ついた。テーブルにつき、ケーキを食べるあすかの手の甲を静代は鋭い爪でつねった。直人に気づかれないように注意をはらいながら……。あすかは一瞬驚いた顔で静代を見た。声を出せないあすかは、ヒッと息を吸い喉をつまんだ。

静代があすかを無視していると、「ほら、あすかだよ、ちゃんと見ろよ」と直人は圧力をかけてくるようになった。

直人の愛を失うような気がして、静代はさびしくてたまらなかった。父母と夫の愛を得られなかった自分は、所詮愛には無縁なのかもしれないとも静代は思う。

——また、一人になってしまう……。

両腕を回して静代は自分の肩を抱く。思いっきり強く自分で自分を抱きしめた。

風が強く吹き荒れる日曜日。

直人は塾の模擬試験があり、朝早く出かけて行った。静代は直人にあわせて朝食を済ませ、洗濯をし、掃除をした。あすかはまだ寝ている。

「朝食の時間は過ぎているわ。起きてこないのがいけないのよ。」

静代は用意していたあすかの朝食を捨てた。家事を済ませ、静代がコーヒーを飲んでいるとあすかが起きてきた。

きれいに片付けられたテーブルを見て、あすかは戸惑っている。空腹のお腹を抱えて立ちすくむあすかを、静代はうっとうしげに見上げた。

「消せるのは声だけ？　姿も消してみたらどうなの。」

静代がいうと、あすかは喉をつまんだ。すでに赤く腫れて血がにじんでいる喉を。

あすかの顔から表情が消えていった。


帰宅した直人が模擬試験のデータ表を持ってきた。

「まずまずっていうところね、数学、もう少し力を入れないと。」

そういいながらも、静代は満足そうにほほ笑んでいる。一ページ一ページ丹念に目を通している静代に、「あすかのことだけど」と直人が切り出した。

「あのままにしておいていいのかな。」

静代は黙ってデータに目を落としている。

「声が出ないんだよ、なんとかしなきゃいけないんじゃないのかな。」

静代の視線を捉えようとして直人は首を傾けた。

「直人くんはさ、もっと他に考えなきゃいけないことあるでしょ。」

ぴしゃりと静代はいった。顔を上げて直人を見た。

「他にって、なんだよ。」

「もうすぐでしょ、テスト。頑張らなきゃいけないでしょ。みんながエスカレーターに乗れるわけじゃないって、先生、いってらしたわよ。今が勝負の時でしょ。」

静代は巧みに話題を変えた。直人の通う私立中学は、小学校から高校まで一貫教育をしており、偏差値のレベルはかなり高かった。小学校から中学へ、中学から高校へと進むのにも厳しい選抜試験があった。県外からも集まってくる選抜チームの中で、直人が自分の席を確保するのには大変な努力を要した。

「直人くんは、パパとママの希望の星なんだからね。すごく期待しているのよ。」

こびるような目で静代は直人を見た。本当のことだ。直人が小学校の試験に合格した時は、裕治も義母も大喜びだった。「静代さん、よくやったわね」と褒めてくれた義母の言葉が、静代の輝かしい戦果なのだった。

「どうしたら勝ち残れるか大事なのはそこでしょ。余計なことを考えてる時間はないはずよ。」

「余計なことって、ひょっとしてあすかのことだったりするのかな。僕の妹の問題は家族にとって余計なことになるのかな。」

声が怒りでふるえた。それでも直人は冷静に話そうと努めた。テーブルの下で拳を強く握り締めた。

「そうよ。パパもママも、あの子のことはとっくにあきらめているわ。」

静代は大袈裟に首をすくめる。

「直人くんは自分のことだけ考えていればいいから。勉強さえしていてくれたら、パパもママも満足よ。あすかのことなんかほっとけばいいのよ。」

「ほっとけないだろ、ふざけんなよ。それでも母親かよ。」

直人は大きな声をあげた。抑えていた怒りが一気に爆発して身体中に燃え広がっていく。ドンと拳でテーブルを叩く。

「期待するとかあきらめるとか、いうんじゃねえよ。僕ら子どもは、親の満足のために生きているわけじゃないんだ！　あんたたちの勝手な思いこみで、抱かれたり捨てられたりしたらたまんねえんだよ！　冗談じゃねえ。」

「直人くん、信じられない。あなた、親に向かってなんてことを……。」

静代は目を剝き口を開けて直人を見つめている。目の前にいる直人は別人のようだった。

「そっちこそ信じらんねえよ。あすかに何をしたんだよ。自分の娘に何をしているんだよ。」

直人の攻撃に静代は気が動転した。

素直な子だったのに。親に反抗するような子じゃなかったのに。直人くん、変わっちゃった。

静代はふるえる唇をかみ締める。頭がガンガンと痛くなった。

「あすかをかわいそうだって思わないのか。あいつ、どうにかなっちゃうよ。なんとかしてやってくれよ。」

直人に一言の言葉も返さず静代は立ち上がった。そのまま自分の部屋へ入り、力まかせにドアを閉めた。

「あれでも大人かよ、信じらんねえ。」

くそっ。舌打ちをして直人は静代の座っていた椅子を蹴飛ばした。

風雨が激しくなって外は嵐になっている。

もっと吹け。吹き荒れて全部ぶちこわしちゃえ。

直人の心にも激しい嵐が吹き荒れていた。素直に従っていた父親と母親の価値観に、真っ向から抗う力がふつふつと湧き上がってきた。

雨は滝のように勢いよく窓を流れ落ちていく。


翌日、学校と塾を終えて直人が帰宅したのは夜の九時を過ぎていた。

室内にはまだ灯もついていない。ボリュームを上げたテレビの音だけが、暗い室内に響いていた。

電気のスイッチを入れて直人は息をのんだ。テレビの前に座ったあすかの周りには、スナック菓子の袋が散乱していた。

「ママはまだ帰ってないんだ。」

あすかからの答えはなかった。直人は舌打ちをして空いた袋をごみ箱に捨てる。テレビを消してあすかの前に座った。痩せて表情をなくしたあすかをじっと見つめた。

「あすか、おまえ、このままだとダメになるぞ。」

あすかの細い指が喉にのびる。直人はあすかの手をつかんだ。

「なあ、よく聞けよ。ママとお兄ちゃんは、おまえにすごく悪いことをしたよな。おまえがこんなになるまで、ひどいことばっかりしたよな。あやまるよ、ごめんな。」

あすかの喉が目に入った。痛々しくて直人は思わず目をそらした。

「けど、おまえも閉じこもってばかりいたらダメだ。諺にさ、泣かない赤ん坊はミルクをもらえないっていうのがあるぜ。もっとジタバタしろよ、どうにかして自分の意思を伝えようとしろよ。」

直人の熱い思いがあすかの心に静かに流れていく。

「自分を表現できるのは自分しかいないんだ。いつまでもさ、穴ぐらに隠れているわけにはいかないんだよ、あすか。わかるだろ。」

あすかはかすかにうなずいた。直人は微笑んであすかの手を強く握った。

「ママはあてにできないから、橋本先生に相談してみたんだ。このままおまえがモンスターに壊されていくのを、見ているわけにはいかないからな。おまえ、しばらく宇都宮のばあちゃんとじいちゃんのところへ行け。じいちゃんなら、きっとおまえを守ってくれる。守られてゆっくりと休んでこい。いいな。」

冷え冷えとしたあすかの心に小さな希望の灯がともった。風が吹けば消えてしまいそうに、それはまだ頼りなげな明かりだったが。

「ママは僕が説得する。ダメだといっても、お兄ちゃんが連れていってやる。」

強い決意で直人はいった。自分を傷つけることでしか心を守る方法を知らない無力な妹を、兄として守ってやりたいと思った。

――泣けよ、あすか……。

――思いっきり大きな声でさけべよ……。

――あすかの思いをぶっつけてこいよ……。

――お兄ちゃんが受け止めてやる……。

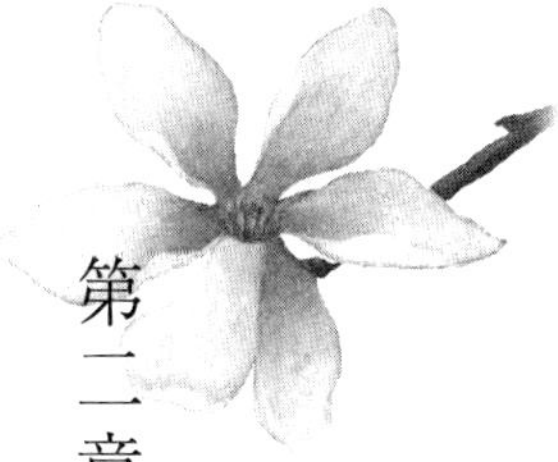

第二章

ネムノキ

東京駅のホームには人が溢れていた。

あすかを送りにきた静代は、横浜からずっと渋い顔のままだ。あすかを宇都宮の両親に預けるのも気が進まなかったし、二人で一緒にいるのも気詰まりだった。

直人が頑強に宇都宮まであすかを送るといい張るので、仕方がなかった。試験を控えた直人の貴重な時間を、こんなことで費やすわけにはいかなかった。

「新幹線に乗るだけなんだから一人で大丈夫よね。ぼんやりしないで宇都宮で降りるのよ。」

ベンチに並んで座るあすかに静代はいった。

「いい？　こんなことになったのもあなたがいけないんだからね。自分の悪いところ、ようく反省するのよ。学校に行かなくても勉強はきちんとしときなさい。後で絶対困るからね。」

ふう、まったく。静代は大きな大きなため息をついた。

「おじいちゃま、おばあちゃまにいわれたことには、なんでも素直に従いなさい。あなたがきちんとできないと、ママが笑われるんだからね。わかったわね。」

静代はくどくどと注意事項を並べたてる。あすかは身を硬くしてうつむいていた。列車が次々と到着し、そして発車していった。

「あすか、返事をしなさい。聞こえているんでしょ。まったくイライラする子ねえ。もういっそ帰ってこなきゃいいのにね。」

あすかの指が喉をつまんだ。

「みっともないから止めなさい。」

静代はあすかの手をぴしゃりと叩いた。周囲の目が集まり、静代は決まり悪そうにうつむいた。

「あなたが悪いのよ。恥をかかせないで。」

低い声でいうとあすかの腕を思いっきりつねった。

——ごめんなさい、ごめんなさい、ママ。

あすかは涙ぐみながら心の中で静代に詫びていた。

「仕事があるから、ママはもう行くわよ。」

静代はあすかの手を乱暴に引っ張って、ホームの白いラインまで連れて行った。

「ここで待つのよ。あと五分で来るからね。席の番号はわかるわね。」

そうあすかに言い置いて、静代は帰っていった。カツカツと靴音を響かせて、後ろを振り向きもせずに。

宇都宮駅のホームで祖父があすかを待っていた。

祖父は新幹線から降りたあすかを、大きく両手を広げて迎え入れた。

「あすか！　大きくなったなあ。」

日に焼けた顔をいっぱいにほころばせていった。あすかはだまって頭を下げた。

「一人で、ようきたなあ。えらかったなあ。」

祖父があすかの頭をなでた。

——いつだって、あすかは一人だよ、じいちゃん。

あすかは心の声でいった。

「あすかが来るというんで、ばあちゃんは朝からはりきって料理をこさえているよ。首を長くして待っているぞ。さあ行こうか。」

祖父があすかの手を取った。心細さにあすかの手が震えているのに祖父は気付く。

「じいちゃんとこへ来たんだから大丈夫だ。なんも心配することはないぞ。」

目尻に深いしわを寄せて祖父は優しく笑った。あすかの手は祖父の大きな温かな手に包まれている。あすかはほっと息を吐いた。

型式は古いが祖父の車は手入れが行き届いていた。後部座席には祖母の手作りのクッションが三つ並んでいる。フロントガラスには、交通安全のお守りがゆらゆらと揺れていた。

「直人の修学旅行のお土産だよ。わざわざ送ってくれたんだ。」

お守りを目で指して祖父は嬉しそうにいった。静代に隠れて直人は祖父母と交流しているらしい。

あすかは助手席の窓を開けた。そよぐ風が気持ちよかった。

市の中心部をぬけると家並みは間遠になり、田畑の中に一軒、また一軒と少なくなっていく。山があり、丘があり、林がある。

ぎっしりと詰め込まれた街の中で育ったあすかには、すべてが新鮮に映った。木々の緑も土の色も空の色もひときわ鮮やかだった。

長い髪を風になびかせてあすかは息を吸い込んだ。楽に呼吸ができる。そんな気がした。

「直人からな、電話をもらったよ。あすかをよろしくたのむといっていた。しばらく会わないうちに、えらくしっかりしてきたもんだなあ。」

ハンドルを回しながら祖父がいった。

窓の外は緑のさざ波がわたるたんぼの海だった。風にそよぐ緑のイネは、太陽の光を浴びてきらきらと光っている。

「ゆっくりとしたらいいよ、心も体も。なあ、あすか。」

祖父はのんびりとした話し方をする。あすかの答えを性急に求めたりもしない。祖父の隣で、あすかはくつろいだ気分で外の景色を見ていた。

「さあ、着いたぞ。」

車を停めて祖父がいった。シートベルトを外してあすかは車から下りた。

あすかが遊びに来たのは、三歳の時以来だと祖父がいっていた。だからおぼえていないだろうな、と。けれど木立ちに囲まれた古くて広々とした家の前に立つと、不思議と懐かしさがこみあげてきた。

——ここが、ママの生まれた家なのね。

静代の顔を思い浮かべると、あすかの動悸は激しくなった。

祖父母が横浜の家を訪れることはあっても、静代が家族を連れて宇都宮に来ることはなかった。静代がどんな子ども時代を過ごしたのか、あすかは知りたいと思った。

門を一歩入ると甘い香りが漂っていた。綿毛のような花びらが、ふわりとあすかの肩に止まった。うすべに色の花が、大木を覆うように咲いている。

——わあ、きれい。すごいなあ。

あすかは感嘆の吐息をもらした。

「ネムノキだよ。今年はえらく見事に咲いたもんだ。」

祖父もあすかの隣に立って見上げた。

「夜になると葉っぱを閉じて、眠ってしまうんだよ。じいちゃんなあ、子どものころに葉が開く瞬間を見たいと思ってね。暗いうちから待っていたことがあったよ。」

懐かしそうに祖父は目を細めた。

——それで？　葉が開いた瞬間を見れたの？　どんなだった？

声に出して質問できないことを、あすかはもどかしく思った。

「木の皮はねえ、薬になるんだ。じいちゃんが転んだり、たんこぶこさえたりするとな、じいちゃんのお母さんが、治れ、治れっておまじないを唱えながら貼ってくれたもんだよ。」

目尻にしわを寄せて祖父は笑った。花盛りのネムノキの枝に、子どもの頃の祖父の姿が映る。

かすかに微笑んで、あすかはネムノキを見上げた。

「あすかちゃん、まあ大きくなって、まあ。」

家の中から祖母が飛び出してきて、あすかの体をきつく抱きすくめた。あすかは、緊張で体を硬くした。息を止めて目をきつく閉じた。あすかは抱かれることに慣れていなかった。

「疲れたろう、あすか。さあ家へ入ってゆっくりしような。」

祖父があすかの背中をポンと叩いていった。祖母の腕から解放されて、あすかはようやく息を吐いた。

家の裏の広い畑には、野菜や花や果物の木があった。

「これはモモの木。植えてからもう四十七年になるなあ。毎年、甘くて美味しいモモの実ができるぞ。あすかのおばさんが生まれた年になあ、植えたんだよ。」

祖父は幹をなでながら「そうか、春野はもう四十七歳になるか」といった。

モモの木には色づいた丸い実が揺れている。

「春野おばさんは、長いこと病気でね。十六歳であの世へ逝ってしまったよ。」

愛しそうに目を細めて、祖父はモモの木を見上げている。静代に春野という姉がいたことをあすかは初めて知った。あすかが知っているのは、静代がモモを嫌いなことだ。毎年祖父が送ってくれるモモを、静代はそっくりゴミ集積所に運んでいた。

――春野おばさんを思い出したくなかったのかな。

青々と繁るモモの木を見上げてあすかは静代を思った。

カキの木、イチジクの木、リンゴの木。祖父は一本一本の木の幹を、目を細めて優しくなでていく。あすかも祖父の真似をして、木の幹に手を当てた。ゴツゴツとした幹。ツルリとした幹。触れてみると、木にもいろいろと違いがあることがわかった。

小鳥の声。木々の梢をわたる風の音。あすかは目を閉じて耳を澄ます。ゆっくりと自然の音を感じていると、太陽の沈んでいく音さえ聞こえてきそうだった。

「これはナシの木だよ。直人が生まれた年に植えたから、十四歳になる。ようやくいい実をつけはじめたよ。」

とりわけ愛しそうに祖父は幹をなでた。緑の葉が揺れて、まだ小さな白い実がいくつも顔を見せた。

——お兄ちゃんはいいなあ。お兄ちゃんの誕生日は、みんなが覚えていてくれるんだね。

誰にでも愛される直人をあすかは少しだけ妬ましく思った。ナシの木の根元をあすかは足の爪先でとんと蹴った。

「あすか、ここへおいで。」

祖父が手招きをした。あすかがそばに行くと、祖父はあすかの肩に手を置いて「ほら、見てごらん」といった。

二人で一緒に見上げた木には、オレンジ色の実が夕日を浴びてきらきらと光っていた。

「アンズだよ。あすかの誕生の木だ。十一歳だな、あすか。」

あすかの胸が躍った。飛び出しそうなほど、どきどきと高くなった。

「アンズは美しさを表す木だそうだ。薬にもなるし、ジャムにしても美味しいぞ。」

長い腕を伸ばして祖父は熟れたアンズの実を取り、あすかの手のひらにのせた。あすかは両手でアンズの実を大事そうに包んだ。

——これがアンズなのね。あすかの木でなった実なのね。

虹色のアンズにあすかは頬ずりをした。嬉しくて涙が溢れてくる。

大地にしっかりと根を張って、たわわに実をつけるあすかの木があった。祖父が毎日声をかけ、幹をなでて大切に育ててくれていた。

——あすかは一人じゃなかった。

——じいちゃんがずっと見守ってくれていたんだね。

祖父への感謝があすかの胸に溢れてくる。

「じいちゃん、ありがとう。」

唇を動かしていった。祖父は微笑んで、うんうんと頷いている。声にして伝えられたらどんなにいいだろうとあすかは思った。

あすかはアンズの幹を両腕で抱いた。幹に頬をつけて話しかけた。

——はじめまして、アンズさん。わたしがあすかよ。

——ずっと、仲良くしようね。

涼やかな風がわたり、さわさわと葉ずれの音がした。あすかの思いに答えるかのようにアンズの実がいっせいに揺れた。

祖父と祖母の朝は早い。五時には起きて畑へ出ていく。

「おはよう、きれいに咲いたねえ。」

「おお、いい色になったなあ。」

野菜や花々に声をかけ、草をとり肥料を与えた。

あすかも早起きになった。竹の籠を持って祖父の後ろについて歩く。サンダルをはいた素足を朝つゆが濡らした。

早朝の大気の清々しさは、あすかの心の回復に何よりの薬となった。畑の畝を歩きながら、あすかは何度も大きく深呼吸をする。

籠のなかの摘んだばかりのインゲンは、新鮮な緑の匂いがした。色にも匂いがあることを、あすかは祖父の畑へ来て知った。

「あすかちゃん、口を開けてごらん。」

祖母にいわれるままに、あすかは小さく口を開けた。赤く熟れたラズベリーを祖母はあすかの口に一粒入れた。ラズベリーのくっきりとした甘さが、口の中に広がった。

「甘いでしょ。後でジャムを作りましょうね。」

あすかは大きく首を振ってうなずいた。ふくよかな顔で祖母は笑って、籠いっぱいにラズベリーを摘んだ。

「おーい、あすか。こっちも手伝ってくれんか。」

畑の真ん中辺りから祖父の声がした。トウモロコシ、キュウリ、トマトと一列ずつ並んだ畑をあすかは駆け抜けていく。

祖父はキャベツを一つ、あすかの腕にのせた。

「ほい、これを運んでおくれ。」

ずっしりと重いキャベツ。くるりと巻いた青い葉の中から青虫が顔を出した。

「ひゃっ！」

声にならない悲鳴をあげて、あすかはキャベツを放り出した。愉快そうに笑いながら、祖父はキャベツを拾いあげた。指で青虫をつまむと、畑のキャベツの葉の中へ入れる。青虫は安心したように頭を振り動きだした。祖父の隣に屈んで、あすかは青虫を見つめている。

――青虫くん、驚かせてごめんね。

――きみも生きているんだね。一生懸命、生きているんだね。

朝露がころころとキャベツの葉を滑った。青虫は忙しそうに動き回っている。

「あすかちゃん。さあ、朝ご飯にしましょ。」

家の方から祖母の声が聞こえてきた。満ち足りた朝。あすかの心に希望が生まれてきていた。

——ここへ来て、もう二週間になるんだ。

直人の電話を取りながら、あすかは指を折って数えてみる。

「橋本先生がね、よろしくってさ。ああ、おれも行きたいな。いいな、いいな、あすかはいいな。」

あすかを気遣って、直人はおどけた調子でいった。静代からは電話も一通の手紙も届かなかった。直人の電話だけが横浜とあすかをつないでいた。

「ばあちゃんとラズベリージャムを作ったんだってな。たくさん作ってさ、おみやげに忘れないで持ってくるんだぞ。」

あすかは微笑んで、受話器を鉛筆でトンと一回叩いた。「はい」なら一回、「いいえ」なら二回と直人と決めていた。

「直人くん、ただいまあ」という静代の声が聞こえてきて「やばい。ママが帰ってきた。じゃあな、あすか」あわてて直人は電話を切った。

受話器を手にしたまま、あすかは喉をつまんだ。久しぶりに聞いた静代の声。あすかのことなど、まるで忘れているようにとても元気で明るい声だった。

――ママにはお兄ちゃんがいればいいのね。

――あすかのことは、もう忘れてしまったのね。

目を閉じてあすかは指に力を入れる。息が止まりそうなほど、強く強く喉をつまんだ。目尻を涙が流れ落ちた。

情のない女

リビングのテーブルに書類を広げて、静代はパソコンに向かっていた。眉間に深いしわを寄せて、パソコンの画面をにらんでいる。一か月近くかけて仕上げていったフランス語の翻訳を上司に突っ返されてしまった。

――情のない訳し方なんだなあ。文章になってないでしょ、これ。全然読めないよう。

上司はそういって、静代の原稿に大きく赤ペンで二十点と書いた。クスクスと笑って付け加えた。

――文章がねえ、藤原さんみたい。堅くて窮屈で情のない女そのもの。しかも主張がないの。つまんないったらなあい。やり直し。明日までね。

屈辱的ないわれ方だった。いい返せない自分が惨めだった。

時間がなかったのよ。一生懸命頑張ったんだから。義母の看病でしょ、あすかのことでしょ、週末は夫が帰って来たから仕事ができなかったし……。

静代は胸の内でつぶやいた。声に出していえば「それがなあに？　どうかしたあ？」と小馬鹿にされるのがおちだった。

家族に押し通してきた静代のいいわけや脅し。狭い価値観。それが一般的にはまったく通用しないものであることを、仕事をするようになって静代は思い知った。やるしかないのだ、明日までに。

「大変そうだね。」

書類をのぞいて直人がいった。静代はあわてて二十点と書かれた原稿を隠す。

「ひと休みすれば？」

直人がコーヒーをいれてくれた。「ありがとう」といって静代はコーヒーをひとくち飲む。ほっと息をついた。首をぐるぐる回し肩をもむ。

「さっきの電話、誰だったの？」

どうでもいいと思いながら静代はいってみた。牛乳を入れたマグカップを手に、直人は静代の前に座った。

「あすか。」

直人が答えた。訊かなきゃよかったと静代は思った。あすかの話題には触れたくなかった。

「元気だった？」

とりあえずそういった。

「うん、ずっと元気になった。ばあちゃんとジャム作ったんだってさ。」

「声が出ないのに、話せるわけないじゃない。」

「話せるよ、ここで。」

指で胸を差して直人が答えた。

「ママも試してみたら。声で話していた時よりずっと、あすかの思いが分かるような気がするよ。」

静代をまっすぐに見て直人がいった。牛乳を飲んでいる時も、静代の顔から目を放さなかった。

「あすかはママの電話を待ってるよ。してあげたらいいのに。」

「忙しいのよ。そんな時間はないわ。」

「冷たいんだね。」

直人の言葉に静代は首をすくめた。テレビのスイッチを入れる。明日の天気予報。国際ニュース。テレビに目を置いたままで「テストの結果はどうだったの」と静代は訊いた。

「二十点。」

直人はしらっと答えて、自分の部屋に戻っていった。見られていた。静代は赤面し原稿に顔を埋めた。

冷たい、情がない、堅い、窮屈……。つまらない人間だともいわれた。でも傷つかないように自分を守るには、頑丈な鎧を着るしかなかった。他にどうすればよかったのだろう。静代は頭を抱えて考え込んでしまう。


眠るあすかの夢の中で、ヒュウヒュウと風が鳴っていた。

マンションの三階にある横浜の家で、幼いあすかが泣いている。風と雨が家を揺らし、すべての明かりを消していく。家の中は暗い闇になった。

「ママがいないよう、ママ、ママ。」

静代の姿を求めてあすかは走り回る。背後から得体のしれないお化けが追いかけてきた。あすかは怯えながら逃げまどう。

「ママ、助けて！　ママ、お願い！」

直人の部屋から静代の笑い声が聞こえた。あすかは夢中でノックする。お化けはすぐそばまで来ていた。あすかの顔が恐怖で引きつった。

ドアが開いた。

ほっとして部屋に入ると、そこはもっと深い闇だった。静代がいるのが気配でわかった。

「ママ、どこにいるの?」

泣きながらあすかは手を振り回し、静代のぬくもりを探す。あすかの手がようやく静代の手を探しあてた。よかった。ママがいてくれた。安堵して静代の手を掴もうとした瞬間だった。

静代が手を振り払い、あすかの体は闇の穴蔵に吸い込まれるように落ちていった。

「ママ! ごめんなさい。いい子になるから、あすかを助けて……。」

静代の助けを求めて、あすかは声を限りに叫んだ。

「さよなら、あすか。あんたなんか……。」

頭上で静代がいった。

「あんたなんか、生まなきゃよかった。」

静代の笑い声が闇に響く。あすかの体は、闇の穴蔵をぐんぐん速度を増して落下していく。

夢にうなされ、あすかは泣いていた。幼いあすかのように、しゃくりあげて悲鳴をあげていた。

祖父と祖母は驚いて起きてきた。

「あすかちゃん、あすかちゃん。」

祖母があすかを抱きしめて呼びかけた。

――夢だったんだ……。

耳の底に静代の声がよみがえってくる。あすかは呻きをあげて泣きじゃくった。

「怖い夢をみたのね、かわいそうに。」

祖母は抱きしめたあすかの背中を、優しくさすっていった。温かな祖母の胸に抱かれていると、あすかは安心して泣けるような気がした。心のダムが壊れて、底にたまっていた涙が一気に流れ出してくるようだった。

祖父がマグカップにミルクを温めて持ってきてくれた。

「さあ飲みなさい。気持ちが落ち着くよ。」

祖母に背中を預けて、あすかはミルクを飲む。ハチミツ入りの温かなミルクは、凍えた心に染み込んでいった。

「あすか。いいかい、ようく聞きなさい。」

あすかの小さな手を取り、祖父はいった。

「じいちゃんとばあちゃんは、あすかが来てくれて本当に嬉しいんだ。何があってもあすかを守るから、安心していいんだぞ。」

「そうよ、あすかちゃん。わたしたちはあすかちゃんが大好きなの。心から愛しているわよ。」

祖母はあすかの髪を優しくなでた。目に涙を浮かべて祖父がうなずく。あすかの心に、熱い思いが溢れてきた。

——橋本先生。あすかも幸せを見つけたよ。

——じいちゃんとばあちゃんが、大事に持っていてくれたんだよ……。

保健室で橋本先生に質問した答えを、あすかはようやく知ることができた。祖父と祖母の深い愛情が、答えを導きだしてくれた。マグカップに口をつけて、あすかはミルクを飲み干した。

「幸せ」の味がした。


裏庭の池のそばに祖父は蜜蜂を飼っていた。

二つ並んだ四角い箱に、ぶんぶんと羽音を立てて蜜蜂が出たり入ったりしていた。

——刺されたらどうしよう。どうしてじいちゃんは蜜蜂なんて飼うんだろ。

蜜蜂の羽音がするたびに、あすかは首をすくめ両手で顔をおおった。

——蜜蜂なんか嫌い。いなきゃいいのに。

あすかは頬をふくらませ、蜜蜂の箱をにらんでいる。

「一寸の虫にも五分の魂、という諺があるのを知っているかい。」

祖父が訊いた。

——知らない。

あすかが首を振った拍子に、麦わら帽子がふわりと飛んで落ちた。祖父は腰を屈めてそれを拾うと、あすかの長くやわらかな髪に乗せた。屈んだままで一寸と五分の大きさを、祖父は親指と人差し指で示した。

「小さくて弱いものにも、それなりに意地ってものがある。ばかにしてはいけないっていうような、そんな例えなんだがね。」

腰を伸ばして祖父は畑を見回した。

「畑にはたくさんの命があるだろ。一寸の虫にも五分の魂は、この世に生を受けた者は、尊い心と命を持っている仲間なんだぞ、おろそかにしてはいけない。そういう教えのような気がしてね。できるだけ踏みつぶさないように、と心掛けているんだよ。」

あすかは祖父の言葉を心に入れた。仲間の命を大切にするように、祖父に倣ってあすかも心掛けようと思った。

——あすかにも、意地があっていいのかな。

——小さいからって、ぼんやりしているからって、ママがあすかをばかにするのは間違っているのかな。ママもあすかも同じ仲間なのかな。

祖父はあすかの目をしっかりと見ていった。

「虫にも心があると思うと楽しいもんだ。じいちゃんにはたくさんの友達がいて、一緒に生きている。そう思うとな、心が豊かになるような気がしてくる。」

目の前を飛んでいったセミが、あすかの足下に落下した。あすかはこわごわとした手つきでセミを拾い上げ、ナシの木の枝にのせた。荷物を担いで地面を這うアリ。アジサイの葉の上で語り合うテントウ虫が二匹。

――じいちゃんのいう通りだね。みんな、ちゃんと生きているよ。

虫への怖れや嫌悪感が、あすかの心から消えていった。

「見方を変えると、草花や虫の方で人間を観察しているのかもしれないぞ。いい仲間か悪い仲間か、しっかりと見極めているのかもしれないなあ。自然の恵みをいただいて暮らしていると、思い当たることがよくあるよ。」

あすかの心の変化を祖父は感じていた。目を細めてあすかを見つめている。照りつける日差しを避けて二人は木陰に移動した。祖父の作った小さなベンチに並んで座った。首に巻いた空色のタオルで、祖父は顔の汗をぬぐった。

「蜜蜂は利口な昆虫なんだ。人間がじたばたしていると、攻撃されたと思って反撃をしてくる。

恐怖を感じた時は、攻撃するより静かに相手の出方を見る方がいいぞ。まずは相手を信じてみることだ。」

そういっていた祖父の広い額に蜜蜂が止まった。

——あ、大変。怖いよ、どうしよう。

あすかの顔が引きつった。祖父は動じない。蜜蜂はすぐに飛んでいった。

「刺されることも、ま、たまにはあるが、それもいい経験になるさ。いいか、あすか。自分の側から見ているだけでは、物事の真理を見落とすぞ。相手を信じること、許すことは、自分を大事にすることでもあるんだぞ。」

これもあすかはしっかりと心に入れようと思った。眉根を寄せて、言葉の意味を咀嚼する。難しい顔で考え込むあすかを見て、祖父はゆかいそうに笑った。

「少し理屈をいいすぎたかな。」

いいながら祖父は嬉しそうだった。あすかの心が動き始めている。じっくりと物事を考える力は、きっとあすかの救いになるだろうと思っていた。

「あすか、時間はたっぷりとある。ゆっくりと考えていいぞ。」

あすかの麦わら帽子をぽんぽんと叩いて、祖父は野菜畑に行った。

腕組みをしてあすかは考える。考えあぐねて蜜蜂の箱の前に行った。

――刺されてもいい経験なんだよね。

そうは思っても、怖れで動悸が激しくなった。

――静かな気持ちで、相手を信じる……。

あすかはなるべく静かに屈んで目を閉じた。麦わら帽子を通して、じりじりと太陽が照りつけてくる。全身を汗が流れた。

静かな気持ちを持ち続けていると、あすかの心が落ち着いてきた。怖れや不安の波が、おだやかに凪いでいく。蜜蜂の羽音が優しく聞こえた。

――信じるって、こんなふうにするんだね、じいちゃん。

自分を空っぽにして、傷つくことを怖れずに相手と向き合う。あすかにとって初めての体験だった。あすかははっとした。

――あすかは、ママを信じていなかったよ。

――ママが怖くて、ずっと逃げていたんだ……。

傷つくのを怖れて、あすかは相当ジタバタしていたような気がする。静代の側になって考えてみたことなど一度もなかった。

――みんな、ママのせいだと思っていたけど違うみたいだね。

――あすかは、自分で心の扉を閉めていたのかな。

――自分を信じる勇気もあすかにはなかったのかな。

突然、涙が溢れてきて止まらなくなった。あすかの小さな背中が震えているのを、祖父はすぐ後ろで見守っていた。

「思いっきり泣いたらいいよ、我慢することなどないぞ。なあ、あすか。」

あすかの背中に向かっていうと、祖父は空色のタオルをそっと目にあてた。

宅配便

「あすかの声、なかなか出ないですねえ。」

祖父のおおぶりの湯呑みに、祖母はとくとくと煎茶を注ぎ入れる。

「静代から催促がありましたよ、いつまでかかるのかって。」

祖父は広げた新聞から顔をあげた。鼻の頭までずらした眼鏡越しに、祖母の顔をじろりと見た。

「放っとけばいいさ。あすかはようやく落ち着いたところなんだ。」

怒ったようにいう。祖父は眼鏡を置いて、新聞をたたんだ。祖母は白い湯気の昇る湯呑みを

祖父の前に置き、

「病院に連れていかなくてもいいんでしょうか。早く治してあげなきゃ、あすかちゃん、かわいそうですよ。」といった。

「治してやろうなどとは思わんことだぞ、ばあさん。あすかの胸の中には、何やらいっぱい詰まっているようだ。思いを全部出し切るまで、見守ってあげることだろうよ。ゆっくりとな。」

祖父はいうと、喉をならしてお茶を飲んだ。開け放した窓からキンモクセイの香りが流れてきた。

「あすかは最近喉をつままなくなったよ。ストレスからようやく解放されているんだろう。急かせるようなことをしては、それこそかわいそうだよ。」

祖父は、あすかの姿を探すように庭のほうへ目をやった。あすかが放り出したままの麦わら帽子を祖母はひざにのせた。手に取ると過ぎた夏の匂いがした。

「ばあさんだから焦っているのかしらねえ。わたしは、早くあすかちゃんの声が聞きたいですよ。」

ばあさんと呼ばれたことに、祖母は少しこだわりをみせた。読み終わったはずの新聞を広げて、祖父は読むふりをしている。

「あら、おじいさん。いつから、眼鏡なしで読めるようになったのかしら。」

祖母がからかうと祖父は苦い顔で笑った。

あすかはナシの木に登って空を見ていた。

吸い込まれそうな青い空を、白い雲が悠然と流れていく。あすかは時間を忘れて空に見入っていた。

祖母の花畑に目を移すと、赤や白のハギの花が咲き乱れている。夏を彩ったダリアやヒマワリは、もう姿を消していた。

——季節が変わるのを、花はどうしてわかるのかな。

——風が伝えるのかな。風はどこから吹いてくるのかな。

木の上であすかはいろいろなことを考える。

「時間は風と同じだよ、いつも流れていく」と祖父がいっていた。あすかは腕を伸ばして指の先に風を感じてみる。祖父がしたように指先を唾で濡らして。

「どんなに辛いことや悲しいことも、いつかは流れていく。過ぎた時間に囚われていると新しい時間を見失ってしまうよ」とも祖父はいった。

——これはちょっと難しいな、どんな意味なのかな。

——落ち込んでばかりいないで、希望を探しなさいということかな。

祖父の語る言葉があすかは好きだった。言葉の持つ意味を木の上で考えていると、心が落ち着いた。あすかの固く閉ざされた心の扉は、徐々に開きつつあった。

午後になって、あすか宛てに静代からの宅配便が届いた。着替えと文房具。教科書と参考書、全教科分の問題集とドリル。

「これはまた余計なもんがいっぱい入っているなあ。」

あすかと一緒にダンボールを開けて祖父は呆れている。荷物を全部取り出すと、あすかは肩を落として大きなため息をついた。

「あすかがこんなに待っているのになあ。あすかの気持ちをなんでわかってやれないんだろう。考えの足りない母親を持つと子どもは苦労するよなあ。」

祖父はいって参考書を手に取り、ぱらぱらとページを繰っている。あすかは大きな目をいっぱいに見開いて祖父を見た。

——ママは考えが足りないの?

——ママにも、間違うことがあるの?

家族の中で考えが足りず失敗を繰り返すのは、自分だけだとあすかは思っていた。静代はいつも自信たっぷりに断定的ないい方で、「考えない愚かな子」「失敗ばかりする子」だとあすかにいい続けてきた。

静代に支配されたあすかは、身動きが取れなくなった。直人は静代の指示を完璧に遂行していった。何でもできる失敗しない直人と、何にもできない失敗ばかりのあすか。うなだれて静代の指示を待つあすかに、静代はいらだち容赦のない言葉のムチを浴びせた。静代に叱責されていると、あすかは自分の存在が消えていくような気がした。喉をつまむ痛みで辛うじて自分を保っていた。

——ママにも、考えが足りないことがあるんだ。

山ほどの問題集を前にして、あすかは思っていた。

「あすかちゃん、よかったわね。ママからのお手紙を待っていたんでしょ。」

祖母がいった。陽を浴びた洗濯物を抱えて、部屋に入ってきた。

「手紙はないよ。参考書と教科書とノート、それに着替えが入っていただけだ。余裕のない静代らしいよ。」

祖父の声には怒りがにじんでいた。

「あらまあ、なんてそっけないこと。心配じゃないのかねえ。」

眉をひそめて祖母はいい、あすかの前にすとんと座りこんだ。せっせと手を動かして洗濯物をたたみながらも、あすかをいたわりの目で見つめていた。

よっこいしょと祖父は立ちあがり、「静代は、何か大きな間違いをしているなあ」悲しそうな顔でつぶやいた。

あすかは一人、部屋に残って荷物を片付けていた。衣類をタンスの引き出しに入れ、教科書を机の上に置いた。参考書はダンボールに入れ直した。

——あすかのいちばん待っていたもの。

——それは、ママからの手紙。

——じいちゃんとばあちゃんには、なんであすかの気持ちがわかるのかな。

あすかは首を傾げて考えた。

郵便配達のバイクの音に、あすかは飛び出していく。一日何度もポストをのぞいては、ため息をついている。静代からの手紙をあすかがどんなに待ち望んでいるか、誰の目にもあきらかだった。

——よかった、じいちゃんとばあちゃんがいてくれて。

——本当に、よかった。

あすかは両手を胸にあてて、ほっと息をつく。静代に忘れられた悲しみを、祖父と祖母の愛がしっかりと受け止めてくれた。そのことがあすかを満ち足りた気分にした。

台所からおいしそうなカレーの匂いがしてくる。小麦粉とカレー粉を溶いて作る祖母特製のカレーは、あすかの大好物だった。

――お腹が、ぺっこぺこだよ。

――カレーが食べたいって、あすかが思ってたこと、どうしてばあちゃんはわかったのかな。不思議だな。

あすかのお腹がグウグウとなった。参考書を入れたダンボールにガムテープでしっかりと蓋をして、あすかは元気よく立ち上がった。

冴え冴えとした空には満月が昇っている。

「あすかちゃーん、ご飯ですよー。」

あすかを呼ぶ祖母の声がする。あすかはスキップをして、祖父と祖母が待つ暖かな居間へと向かった。

心の水

秋の日だまりは、ほくほくと気持ちがいい。

縁側に座って祖母とあすかは背中を丸くして、古いアルバムを見ていた。

「これが春野おばさんよ。」

アルバムの中の一枚の写真を指して祖母がいった。

「あすかちゃんにとってもよく似ているでしょう。」

祖母は目を細めて、あすかの顔と写真を見比べている。

――春野おばさんですね、初めまして。

あすかは写真の女の子に話しかけた。一直線に切りそろえた前髪。くりっとした大きな目。

春野はアルバムの中で微笑んだ。

「春野は心臓の病気でね。じっと寝ているしかなかったの。発作を起こして苦しむ春野に、何にもしてあげられない自分が悔しくてねえ。」

祖母は老眼鏡を外して、はなをすすった。

「春野を守ろうと必死だったわ。でもねえ、楽しいこと何一つ知らずに、十六歳であの世へ逝ってしまったの。苦しむために生まれてこさせたみたいでね。とても辛かったわ。自分が死んだ方がどれほどましかと思ったものよ。」

祖母の目から涙が溢れた。あすかはジーパンのポケットからハンカチを出し、祖母の涙をふいてあげる。思いがけないあすかの行為に、「ありがとう、あすかちゃん」といって、祖母は微笑んだ。心配そうに見上げるあすかの髪を、祖母は優しくなでた。いつも通りのふくよかな笑顔で。

あすかは安心して、もう一度アルバムに目を落とした。春野のまっすぐな眉と目。小さな口元。見慣れた懐かしさを感じて、あすかは胸がいっぱいになった。

——あすかは、一人じゃないんだね。

——あすかの中には、パパもママも春野おばさんもいる。ばあちゃんとじいちゃん、そのまたばあちゃんとじいちゃんもいて、あすかを守ってくれているんだね。

アルバムの中で春野は楽しそうに笑っている。祖母が悔やむ苦しいだけの人生とは無縁のように。春野の笑顔に釣り込まれ、あすかの頬にも笑みが浮かんだ。祖父母の愛に包まれて、春野はきっと満ち足りた幸せを感じていたのだろうとあすかは思った。

「あすかちゃん。」

祖母があすかを見つめていった。

「幸せになってね。春野おばさんの分まで、いっぱい。」

あすかの顔を祖母は両手ではさむ。あすかは首を大きく振ってうなずいた。

風がアルバムのページを繰った。めくれたページから、小さな静代の暗い顔がのぞいた。

十月になると祖父の畑は秋の色に染まった。

「退屈じゃないのかしら。」

祖母がいった。あすかは畑の真ん中にしゃがんで、空を見上げている。昨日は木の上だった、一昨日は木の根元と祖母は思い返していた。祖母が気を揉むほど、あすかはぼんやりと日々を過ごしていた。

「まるで、日照りの田圃のようだな。」

祖父がつぶやいた。祖母が首を傾げて「なんのことですか」と訊く。

「あすかの心だよ。あすかの心は、からからに乾いた田圃のようだといったんだよ。心に必要な水を静代は与えなかったんだろうな。かわいそうになあ。」

「ぼんやりとする時間は、心の水ですか。」

「この空気も、空も、虫もな、みんな心の水だよ。それにあすかは気付いたんだろ。」

「そうですか。あすかちゃんは足りなかった水を、自分でせっせと取り込んでいるということですか。」

心《しん》から納得したというように、祖母は何度もうなずいている。

「心が乾いていては、生き方も描くなるだろうよ。水も肥料も、心にはたっぷりと入れておくことだ。それがいざという時に心の強さとなって、あすかを支えてくれるだろうよ。」

畑の中のあすかへ語りかけるように祖父はいった。すっかり紅葉した木々を風が揺らした。ぱらぱらと乾いた音を立てて葉がこぼれ落ちた。

「あすかには、木や風の声が聞こえるのかもしれませんねえ。」

風でほつれた髪を手でなでながら祖母はいった。

「ああ、心の声で、自然とじっくりと話しこんでいるんだろうよ。」

祖父が応えた。

庭に小さな池があった。家の前を流れる小川から水をひいて曾祖父が作ったものだった。池の中では、白に赤い斑のある鯉と黒と金色の鯉が悠然と泳いでいる。

あすかが池のそばに来た。ふと考える仕草をして平らな地面に膝をつく。そして黒い土の上に顔を寄せ、耳をつけた。

祖父はあすかの様子を興味深げに見ている。祖母は眉をひそめて「あすかちゃん、まあ」と声をあげた。

汚れてしまうわよ、止めなさいと続く言葉は、祖父の大きな手のひらで制された。祖母の口をそっと抑えて、祖父は首を左右に振った。

あすかは眉根を寄せて、真剣な顔で地面に耳を当てている。祖父はふっと頬を緩めてあすかのそばに行った。あすかの隣で同じように膝を折り、地面に耳をつけてみた。二人の頭上を、花アブが羽音を立てて飛びまわっている。祖父とあすかの耳に、ドウドウとかすかだがしっかりと音が響いてきた。

――じいちゃん、これ、大地の音だよね。

――地面も土も、みんな生きているんだよね。

あすかの感動が祖父にも伝わった。二人は顔を見合わせて微笑んだ。


祖母に急かされて、祖父とあすかは洗面所で泥のついた顔を洗った。石鹸で泡だらけになったあすかの横顔を、祖父はじっと見つめている。

「そうか。あすかはずっと生命を探していたのか。」

パズルの答えを思いついた時のように、祖父は弾んだ声をあげた。泡がついた顔のまま、あすかは大きく頷いた。そしてにっこりと笑った。迷いのない爽やかな笑顔。初めて見るあすかの全開の笑顔に、祖父の胸はいっぱいになった。

「そうか、そうか。あすかの探していた答えが見つかったか。よかったなあ、あすか。」

語尾が震えていた。祖父は水をすくい勢いよく顔を洗った。

静代の秘密

秋が深まるにつれ、日の暮れるのが早くなった。外仕事を早々に終え、家の中で過ごす時間が増えていった。

あすかは読書好きの祖父に倣って本を読むようになった。高校で国語の教師をしていた祖父の家には、小さな図書館ができるほどたくさんの本があり、選ぶのに迷うほどだった。

春野や静代が使っていた部屋の本棚にも、それぞれの好みの本が並んでいる。あすかは春野の本棚を開けるのが楽しみだった。

「春野は本が大好きな子だったの。じいちゃんの本のおみやげを、とっても楽しみにしていてね。」

楽しそうに祖母はいい、本を手に取った。かつて春野が読んだ本。『赤毛のアン』や『少女探偵ナンシー』や『路傍の石』。

「あの子は本の中でしか、生きられなかったからねえ。」

祖母はまた涙ぐむ。

——違うよばあちゃん。春野おばさんはちゃんと生きたよ。短かったかもしれないけど、じいちゃんとばあちゃんに愛されて、幸せに生きていたと思うな。

そういって慰めてあげられたらいいのにと、あすかは思う。声の出ないもどかしさをあすかは感じた。

あすかのふとした表情や仕草は、はっとするほど春野に似ていた。東京で入院していた春野の最期を祖母は看取れなかった。その悔いがずっと祖母の心にあった。

「ばあちゃんは泣き虫ねえ。ごめんね、あすかちゃん。」

祖母はふくよかに笑い、夕食の支度に立ち上がった。

あすかは読みかけの『しあわせのポリアンナ』を取り出しページを開いた。

春野の本棚からあすかの本の旅は始まった。幸せな旅と悲しい旅を何度も繰り返しては泣き、笑い、憤った。寄せては引く感情の波が、あすかの心に押し寄せてきた。

静代はあすかの感情に封印をした。「めそめそする子は嫌い」と頰をつねり、「なんて下品な笑い方」と睨んだ。心に波が寄せる時、あすかは喉をつまんで耐えた。喉をつまみすぎて固いしこりになり、五歳の夏に取り除く手術をした。

祖父の家に来てからは喉をつまむことを忘れた。どんなに心の波が高く荒れ狂っても、祖父と祖母が大きな海となって受け止めてくれる。そう信じることができた。

ふと思い立ってあすかは静代の部屋に行き、本棚を開けた。静代の本棚にあるのは、図鑑と全集。あすかが読みたいと思う本はなかった。

取り出した図鑑の奥に小さなノートがあった。埃を手でさっと払って、あすかはノートを開いた。

『お母さんなんて大嫌い。お姉ちゃんはもっと大、大嫌い。お母さんの目にはお姉ちゃんしか映っていない。わたしのことなんかすっかり忘れている。あまったれの春野。さっさと死んでしまえばいい。』

あすかは息をのんだ。激しい憎悪の言葉が書き連ねてあった。あすかは胸に手を当てて、高鳴る動悸を抑えた。

——なんてひどいの。誰がこんなことを……。

あすかの動悸はなかなかおさまらなかった。乱暴な字と激しい言葉が、あすかの目に焼き付いている。

——待って……。これを書いたのは、ママ……。

震える手であすかはノートの裏表紙を見た。薄く消えかかってはいたが、「六の一　堀静代」と読み取れた。

――ママ……。

あすかは胸にノートを抱きしめた。衝撃で震えるあすかの脳裏に、祖父の言葉が思い浮かんだ。相手の側から見ること。憎しみしか感じ取れない言葉を、静代はどんな気持ちで書いたのだろう。あすかは思いきってノートを開く。

『今日は、運動会だった。わたしはリレーの選手だったのに、お母さんは見にきてくれなかった。お姉ちゃんの具合が悪くなって、昨日から病院に行ったまま、帰ってこない。お姉ちゃんはいつもわたしの大事な日に、わたしからお母さんを取り上げてしまう。』

『なぜ、お母さんはお姉ちゃんのことしか見ないの。わたしと話をしていても、いつも上の空。わたしの話なんて全然聞いていない。もう絶対に、あてになんかするもんか。』

『お母さんは、いつだって静代は健康な体を持って幸せね、春野はかわいそうに。あなたのように走ることもできない、学校へ行くこともできない、そういって泣く。わたしは健康な体は持っているけど、健康な心は持っていない。お母さんを独り占めできるならわたしも病気になりたい。』

『お母さんのバカ。わたしだって、優しくしてほしい時があるのに。お母さん、わたし熱があるんだよ、苦しいんだよ。今日ぐらいそばにいてよ。お母さんの優しさは全部、お姉ちゃんだけのもんなの？　もう死にたいよ。』

静代の痛みがあすかに伝わってきた。

――寂しかったよね、ママ。

――かわいそうな、ママ……。

あすかの目に涙が溢れる。静代の悲しみとあすかの悲しみが大きな波になって押し寄せてきた。苦しさに胸がつぶれそうだった。

静代の巨大さが、空気をぬかれた風船のようにしぼんでいった。泣くだけ泣くと、あすかの心は不思議に軽くなった。静代の支配から解放されたような気がした。

あすかは窓辺にいってカーテンを開けた。磨かれたガラスに星空が広がった。窓を開けると、勢いよく冷たい風が入ってきた。冴えわたった夜空。こぼれるほどの星のきらめき。

南に一つ、星が流れていく。

あすかは手を合わせて祈った。

――ママが幸せになりますように。みんな幸せになりますように。

あすかは早口でいった。星が流れ落ちるまで三回願い事を繰り返せたら、きっと願いが叶うという、そんな物語があったことを思い出して。

冷えた夜風が心地よかった。

静代はベランダに出て、めったには吸わないタバコを口にする。まだ頭が混乱している。今日はいろんなことがあり過ぎた。

まず最初に、生意気な上司が恋に溺れているという噂を耳にした。仕事が手につかなくなった上司は、通訳の最中にぼんやりとしていて失敗を重ねたらしい。しばらくは重要な仕事から外されることになった。

——藤原さん、スタンバイしといて。

部長に呼ばれてそういわれた。大きな国際会議の仕事が入るという。

——うまくいったら、ボーナス弾むよ。

部長はそうもいった。静代は天にも昇る心地だった。揺るぎないポジションを確保するチャンス。気持ちが高揚して、静代は張り切った。

——いっときますけど、藤原さんには無理だと思いますよう。

上司は悠然とした態度で、静代の張り切りぶりをけらけらと笑った。

——ああいう場での通訳って、藤原さんの得意なっていうか、それっきゃないっていうか、努力、忍耐だけじゃできませんから。実力の上に、カンとセンスが必要でしょ。

腹の立つい い方ではあったが、静代は知らず知らず耳を傾けていた。

――藤原さんには、その二つ決定的に欠けています。あ、即断力もいるなあ。あっちの顔、こっちの顔、窺っているうちに、会議流れて行っちゃいますからねえ。

さすがにムッとして、静代は横を向いた。

――藤原さん、溺れる恋ってしたことありますか?

不意をつかれて静代は面食らった。

――あるはずないかあ。ゴメン、訊く人、間違えたみたい。

屈託なく上司は笑った。幸せをまとってきらきらしている。自分に正直に生きているという自信が、少々の失敗にはめげない強さとなるのだろうか。他人がどう思うかなどまるで気にしていない。静代にはないものを年若い上司は身に付けていた。上司の横顔にいつのまにか静代は見惚れていた。

――受けるかどうかは、藤原さんの自由ですけどね。考えた方がいいですよう、藤原さんは、いっつも自分の外側ばっかり見ていますもん。

鋭い指摘だった。翻訳の仕事も、結局は上司の助けを借りて仕上げた。こんな難しい仕事を受けるなんて自分の力を過信しすぎ。藤原さんて、臆病なくせに大胆だとさんざん笑いながら、それでも最後まできっちりとフォローしてくれた。

「外側ばかり、か。」

ゆっくりと煙を吐きながら、静代は独り言をいった。

憂鬱なのは裕治の電話だった。ついさっきのことだ。

「来週から本店勤務になったよ。物件も手頃なのが見つかったから、引っ越しの準備もしといてよ。」

「お引っ越しなんて、聞いていないわよ。」

「そこ手狭だろ。ちょうどいいのを先輩が回してくれたんだよ。断るわけにはいかないだろ。」

銀行系列の不動産会社にいる先輩に、裕治が相談していたらしい。

「おふくろも援助してくれるっていうから金のことは心配しなくていいよ。もう決めたから。」

「お義母さんと相談したんだ。」

「いけない？　相談してもきみは結論を出せないだろ。」

静代は黙るしかなかった。ボスは裕治だ。仕方がない。そろそろ塾を終えて直人が帰ってくる時間だ。静代はタバコを消してリビングへ向かう。

「大変、あすかを連れ戻さなくっちゃ。」

裕治には、あすかの詳しい事情は何もいっていなかった。長期に学校を休んでいることがわかったらどんなに怒るだろう。仕事を辞めるようにいわれるかもしれない。静代は頭が痛くなった。

バッタンと勢いよくドアが開いた。

「ただいま。今さ流れ星が見えたよ。」

息を弾ませて直人がいった。

旅立ち

朝夕は冷え冷えとした風が吹きわたり、畑に初霜がおりた。

あすかは竹ぼうきで庭の落ち葉を掃き集めている。

「静代は、なんてことをいうのかしら。」

誰もいない台所で祖母は独り言をいった。小さな窓からあすかの様子が見てとれる。祖母が編み上げたばかりの赤いセーターは、色白のあすかによく似合っていた。

「あすかちゃんのことを、なんだと思っているのよ。」

祖母は静代へかなり腹を立てていた。洗い物をしていた手をとめて、静代からの電話を思い返した。

「今、帰ったよ。」

祖父の声に「お帰りなさい」と祖母は振り向きざまにいった。祖父は、朝早く用事で宇都宮に出かけていた。祖父にしては珍しい背広姿で。

「大変なんですよ。」

祖母は眉をひそめて、深いため息をこぼした。

「あすかに何かあったのか。」

祖父は急いた声でいうと、祖母の肩ごしにあすかの姿を探した。

「何もありませんよ。あすかは大丈夫ですよ。」

窓の外であすかは掃き集めた落ち葉を、山のように積んでいた。帰ったら芋を焼こうとあすかと約束していたことを、祖父は思い出した。

「明日、あすかを横浜に帰すようにって静代がいうんですよ。」

タオルで濡れた手をふきながら祖母はいった。驚いたのと呆れたのとで、祖父は口を開けたまま目を剝いている。そのまま椅子に座りこんだ。

「さっき静代から電話があったんですよ。裕治さんが転勤で名古屋から横浜に戻ってくるんだそうです。それを機に引っ越すんだそうです。だから、すぐにあすかを帰してほしいって。」

祖母は一気にいった。

「引っ越しはいつだ。」

「来月だそうですよ。」

「それはまた、急な話だなあ。」

祖父は乱暴にネクタイを外した。

「ずっと探してはいたらしいですよ。条件に合ったマンションがやっと見つかったそうなんです。それはいいんですけど……。」

いい淀んで祖母は言葉を濁す。

「けど、なんだ。早くいえよ。」

祖父は苛立った声をあげた。

「新しい家は直人の学校の近くで、あすかは転校しなきゃいけないんだそうです。環境が変わればあすかの病気も治るだろうって、静代がいうんですよ。」

「なんてヤツだ。あすかの気持ちがまるで分かっていない。」

祖父は腕を組んで目を閉じた。怒りで体が熱くなった。

「おまえは黙って聞いていたのか。」

不機嫌な顔を祖母に向ける。

「あすかにはもう少し時間が必要だっていいましたよ。そしたら、お母さんにまかせたのが失敗だった、専門の病院でみてもらうからもういいって……。」

静代の冷たい声音がよみがえってきて、祖母は思わず涙ぐんだ。エプロンの端を目に当ててそっと涙を拭いた。

「静代に電話してみよう。」

怒りを静めて祖父はいい、電話のある居間へ行った。祖母は鼻水をすすりながら台所へ立った。勢いよく水を出して、中断していた洗い物を再開する。家事をしながら自分の考えを整理するのが祖母のやり方だった。

「いくら考えても、静代のいっていることはおかしいわ。」

大きな声で独り言をいう。台所の片付けを終えて急いで居間に行くと、祖父は腕組みをしたまま宙をにらんでいた。

「静代と話したよ。渋々だが新学年まで待つそうだ。」

祖父の口がへの字に曲がった。

「静代は間違っていますよ。」

いつも穏やかな祖母が憤然とした面持ちでいった。祖母は、電話で直人がふと漏らした言葉が気になっていた。気になりながら祖父にはいいそびれていた。

「あすかの声が出なくなったのは、いじめが原因じゃないそうです。」

祖父は驚かなかった。学校でいじめにあいそのストレスが原因だというのが、静代の説だった。そうではないことを祖父は薄々気付いていていた。

「あすかの声を奪った犯人は、僕とママだって、そう直人がいったんですよ。だから責任を感じているって。あすかをよろしくお願いします、そういったんです。直人、泣いているようでしたよ。」

深いため息をついて、祖父は肩を落とした。

「そうか。直人もかわいそうになあ。いらぬ罪を背負わせたもんだ。こりゃあ怒ってばかりもいられないぞ。静代ととくと話し合ってみなきゃいけないなあ。」

命に代えても守りたいもの。祖父にとってそれはあすかと直人に他ならなかった。その二人が辛い思いを抱えて生きている。幸せになれるようなんとか支えてやりたいものだ。祖父は心の中で強く思った。

あすかが窓を叩いた。祖父と目が合うとにっこり笑った。

「そうだ、焼き芋だったな。着替えてから行くよ。」

祖父がいうと、あすかは大きくうなずいた。祖母は台所へサツマイモを取りに立った。アルミ箔でサツマイモを包みながら、祖母はつぶやいた。

「静代はいつからあんなに人の気持ちがわからない、冷たい人間になったのかしら。」

そうだ、いつからだろう。静代はどんな子どもだったっけ。記憶を探っても、すぐには思い浮かばなかった。春野のことならなんでも分かるのに。

「どうしてかしらねえ。」

首をひねり、祖母はまたひとりごちた。

秋から冬へと季節は移っていく。

激しい風雨も厳しい日差しも、大地は全てを受け入れて豊かさへと変えていく。

サクラの木の太い枝に座って、あすかは足をぶらぶらと揺らした。バランスを崩すと、間違いなく落ちてケガをするだろう。あすかの木登りを祖母は心配して止めさせようとしたが、祖父は充分に気を付けるようにといっただけで許可してくれた。

油断をして落ちそうになったことは何度もあった。ひやりと冷たい汗が出たことも。それでもあすかは木に登る。自然と一体となれ自分の感情に素直になれる木の上で、あすかは考えることがたくさんあった。

——なぜ花が咲き、作物が実るのだろう。朽ちていくのはなぜだろう。

祖母の花畑にはコスモスが植えてあった。

「とってもかわいいのよ。早くあすかちゃんに見せたいわねえ。」

大好きなコスモスを咲かそうと、祖母は心をこめて手入れをしていた。夏の終わる頃、コスモスは祖母の期待に応え見事な花を咲かせた。

目を細めて祖母が喜んだのも束の間だった。翌日の嵐と続く雨でコスモスは無残な姿になった。あすかは落ち込んだが祖母は淡々としていた。

「見事なコスモスだったわねえ。手入れしたばあちゃんの気持ちを汲んで、精いっぱい咲いてくれたのね。」

祖母は心からの笑顔でいった。

――じいちゃんは、自然はみんな恵みなんだっていっていたっけ。

恵みの雨、恵みの太陽、ミミズは土の恵みとして喜んだ。祖父の畑では全ての生命が自然の恵みだった。昆虫も動物も植物も、ぐるぐる輪になって生かし合っている。

――あすかの命も自然の恵みなのかな。

――胸を張って、生きていてもいいのかな。

あすかは思った。祖父の畑には、あすかの心に足りないたくさんの恵みがあった。あすかの悲しみを癒し、涙を恵みの雨に変える力が土の中から立ち昇ってくるようだった。あすかはそっと喉に手をやった。

昨夜のこと。祖父はあすかの喉に触れた。紫色の痣があすかの感情の亡骸であることを知り、とても悲しい顔をした。

「辛かったろう、痛かったろうな。」

あすかを見つめる祖父の目から涙がこぼれた。

「あすか。怒る時は思いっきり怒れ。悲しい時は思いっきり泣け。がまんなんかするな。感情を殺したら生きる力が無くなるよ。じいちゃんが受け止めよう。安心してあすかの感情を、本当のあすかを出してごらん。」

あすかを抱きしめて、祖父は肩を震わせて泣いていた。

——じいちゃん、あすかねえ、すごく嬉しかったよ。

——声が出せたらいいな。じいちゃんとばあちゃんに、あすかはいいたいことがたくさんあるの。

心の底から力が湧いてきて、あすかの体中に満ちていく。

太陽が山の端にかかりゆっくりと沈んでいく。西の空は真っ赤に染まった。あまりの美しさにあすかは息をのんだ。夕陽が放つ金色の光があすかを包んだ。

「わあ、あったかい。」

あすかの口から感嘆の声がもれた。聞き慣れた懐かしい声が耳に届いた。あすかの胸が大きくなった。

咳ばらいを一つして、あすかは息を吸った。

「もしもし。」

小さな囁きもちゃんとあすかの耳に届いた。熱い感動が、電流のようにあすかの体を駆けめぐる。

「ねえ、ねえ、あすかは生き返ったよ。ねえ。」

ごつごつした木の幹に頬を寄せて、あすかはいった。

もう一度、咳ばらいをした。

「ゆうやーけこやけーの赤とんぼ……。」

声の手ごたえを確かめるように、あすかは歌い出した。

雨戸を閉めようとして祖父は縁側に出てきていた。雨戸をひきかけて祖父は手を止めた。木立ちを揺らす風の音の中に、女の子の歌声を聞いたような気がした。

(あすかだろうか……。)

祖父は急いで畑に走り、声のする場所を探した。

「ちーさいあーき、ちーさいあーき、みーつけた……。」

澄んだソプラノが茜色に染まった夕暮れの空に響く。

「やっぱり、あすかだ。」

祖父の声は興奮に上ずった。急いで祖母を呼びにいった。

「おーい、正子、正子。早く、早く。」

祖母はエプロンで手をふきながら庭に出てきた。

「あすかちゃん、どうかしたんですか。」

不安げに顔を曇らせている祖母の手をぐいとつかんで、祖父は畑へととって返した。

「あら、誰かしら。」

歌声に気づいて祖母がいった。祖父がふりむいて人差し指を口にあてた。

「あすかちゃんの声……。」

祖母は目頭をおさえ、祖父と顔を見合わせて微笑んだ。二人はあすかの歌声に合わせて、小さな声で口ずさんだ。

山の陰に夕陽が落ちると、辺りはほの暗い闇になった。

そろりそろりと器用に幹を伝って、あすかが木から下りてくる。軽くハミングをしながら。

木の下で祖父と祖母があすかを待っていた。

「じいちゃん！　ばあちゃん！」

あすかは叫び、祖母の腕の中へ飛び込んでいった。

「ありがとう、ありがとう。じいちゃんとばあちゃんに、いっぱいいっぱい、ありがとうをいいたかったの。」

やっといえた。あすかは大きく息を吸った。あすかがずっといいたいと思っていた言葉を、ようやく伝えることができた。

「よかったなあ、あすか。」

胸がいっぱいで、祖父の声はかすれていた。

「お帰りなさい、あすかちゃん。」

しっかりとあすかを抱き締めて祖母はいった。長い旅を終えて、あすかの心が帰ってきた。濃い闇の中に、弾けるようなあすかの笑い声が響いた。

祖父の畑には冬が訪れようとしていた。

——時間よ、止まれ。

冬の間、あすかは幾度も心の中で念じた。それほどに祖父母と過ごす冬は楽しかった。穏やかで満ち足りた時間。充実した心の育成期となった。

——時間よ、止まれ。

どんなにあすかが念じても、時を止めることはできなかった。瞬く間に冬は過ぎて、静代と約束した春が巡ってきた。明日、あすかは一人で横浜へ帰っていく。

祖母に頼んであすかは美容室に連れていってもらった。長かった髪をショートカットにした。美容室の床にあすかの髪がばさりばさりと落ちていく。

「ずいぶん短くなったわね。きっとママ驚くでしょうね。」

祖母がいった。

「いいの。あすかは、ちゃんと生きることにしたの。もうママの気に入るようにって考えないことにしたの。人がどう思おうと、あすかはあすか。そうすることにしたの。」

あすかの口調はぽんぽんと歯切れがいい。

「うわあ、えらあい。しっかりしているねえ。」

美容師さんがハサミを持ったまま鏡の中で笑った。祖母は目を細めてあすかの変わりようを見ている。

祖父の好きなトラヤの羊羹をおみやげに、あすかは祖母と手をつないで帰った。そわそわと落ち着かない様子で祖父は待っていた。

「おお、短くなったなあ。なかなかよく似合うよ。」

あすかの頭に目をやって祖父がいった。

「なんだかね、首のあたりがすうすうして寒いの。」

首に手を当て、あすかはにこやかに笑う。祖母は羊羹を切り分けて小皿にのせた。

「なんだか、あすかちゃんじゃないみたいねえ。」

あすかをしげしげと見て祖母はいった。

「ううん。これがあすかなの。」

羊羹をひとくち口に入れて、あすかはくりっと目を輝かせた。

「本当のことをいうとね、弱虫なあすかの誓いの印なんだ。」

意外な言葉に、祖父は身を乗り出してあすかを見た。

「じいちゃんがいってたでしょ。怒りや喜びや悲しみの感情を大切にするようにって。そうしようとあすか誓ったの。でもね、何にも証拠がないと誓いをしたことさえ忘れそうな気がしたの。だから、毎朝鏡を見て、誓いを思い出せるようにって。」

恥じらいの笑みを浮かべ、あすかは首をすくめた。領きながら祖父はあらためてあすかの髪に目をやった。

「そうだったの。そこまで考えるなんてあすかちゃんは偉いわ。」

祖母が目頭を押さえていった。あすかの成長ぶりに祖父は胸が熱くなり、喉が詰まりそうになった。あわててお茶をすすった。

「それでもね、あすかが弱虫で誓いを守れそうになかったら、またここに来てもいいかな。」

「いいさ、何度でもおいで。いつだって構わないよ。弱虫なあすか、大歓迎だ。」

よかったといって、あすかは大きなため息をついた。明日への不安が祖父の言葉で消えていった。

「じいちゃん。あすかが誓いを守れたらご褒美をちょうだいね。」

あすかは自分の弱さを知っている。鏡の中の自分だけでは、誓いを守る自信が持てなかった。祖父が見守っていてくれる証が何か欲しいと思った。

「わかった、約束しよう。すてきなご褒美を用意しておくよ。」

力強い祖父の応えにあすかは微笑んだ。心から安堵したというように。


あすかが横浜へ帰ってしまうと、祖父母の家は灯が消えたように寂しくなった。

「静代は迎えにも来なかったですね。どうしてあんな情のない母親になったんでしょうねえ。」

早々に箸を置いて祖母がいった。あすかを欠いた食卓は味気なく、食欲もわかなかった。祖父は酒を口に含みながら、静代のことを考えていた。

「畑にな、静代の木がなかったよ。春野と直人とあすかの木はあるのに、静代の木だけがなかった……。」

祖父の口調に深い悔いがにじんでいた。

「静代が生まれた日は春野の手術があったんですよ。木を植えるどころじゃありませんでしたよ。」

祖父をいたわるように祖母はいった。祖父は激しく頭を左右に振った。

「それでは静代は納得しないだろうよ。わたしらは静代を置き去りにしてきたんだ。いつも春野のことばかりで頭がいっぱいだった。」

東京の心臓外科病院で春野は大きな手術をした。その後も入退院を繰り返す春野の看病に祖母は追われていた。その都度静代を近くに住む祖父の姉に預けていた。

「泣かない、聞き分けのいい子だと思って、つい甘えてしまいました。本心は寂しかったんですね。」

「静代にとってみたら、わたしらはずいぶん悪い親だったなあ。」

「わたしの頭の中には春野の命のことしかありませんでした。静代には辛かったでしょうね。その気持ちがあすかに。」

初めて気付き、祖母は暗澹《あんたん》とした気持ちになった。目を見開いて祖父を見た。

「あすかは春野によく似ている。なおさら辛いんだろう。静代をしっかりと見守ってこなかったわたしらの間違いをあすかに負わせたようなものだ。」

ガラスの小さなグラスを置いて、祖父は深い深いため息をついた。

「悪いことをしたよ。静代も直人もあすかもかわいそうになあ。考えの足りないじいちゃんでまったく申し訳ない……。」

祖父は嗚咽し、両手で白くなった髪の毛をかきむしった。

「明日、木を植えませんか。今からでも遅くはないでしょう。」

祖母がいった。はなをかんでくぐもった声で。

「静代の木ですよ。何にしましょうか。きれいな花の咲く木がいいですね。真っ白なコブシなんてどうでしょう。」

救われたような顔で祖父はうなずいた。

——そうだ、まずは木を植えよう。スタートはそこからだ。

心の中で祖父はつぶやいた。

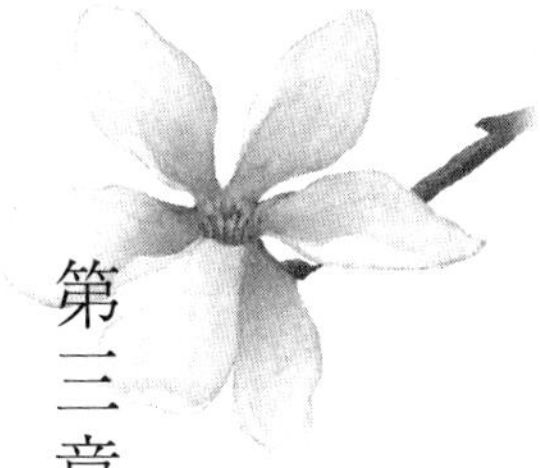

第三章

転校生

食卓に家族が揃ったのは、ずいぶん久し振りだった。

「ま、一応乾杯と行くか。」

裕治が音頭をとって、四人はそれぞれのグラスを合わせた。裕治は名古屋支店から丸の内にある本店勤務になって半年が経つ。ようやく職場の環境にも慣れてきたところだった。直人は、無事に高校へのエスカレーターに乗ることができた。あすかの転校先での新しい学校生活も明日からスタートする。

「直人、大学はどこにするんだ。なんなら留学してもいいぞ。」

裕治は機嫌がいい。グラス一杯のビールで、もう顔を赤くしている。静代はグラスを重ねながら、ちらちらとあすかの顔をみていた。八か月ぶりのあすかは驚くほど変わった。短い髪が似合う快活な少女になった。

「まだ早いよ。もう少し考えてみる。」

好物のローストポークを皿に取り、直人が答えた。

「もう決めなきゃだめだろ。下手に考えない方がいいぞ。人生、より高くより前へということだろ。僕もそうしてきたぞ。」

裕治の断定的ないい方に直人は苦笑する。ムカツク。胸の内でこっそり毒づく。

「お兄ちゃんは、どんなお仕事をしたいの。」

サラダにマヨネーズをかけながら、あすかが訊いた。

「今検討中。あすかは？」

「あすかはねえ、人に喜ばれる仕事がしたいな。」

首を傾けてあすかは微笑む。

「人に喜ばれる仕事ねえ。いいなそれ。僕もそういうのがいいな。」

直人がいうと、

「まあ、女の子はそれでいいさ。けど男はそうもいかないぞ。」

裕治がぴしゃりと返した。

「どうして？　仕事を選ぶのに、女性も男性もないと思うけど。」

直人、やめなさい。静代が眉をひそめ直人に合図をおくる。裕治に逆らってはいけない、と。

裕治の顔色を窺いながら。

「わたしも関係ないと思うな。女性も男性も若くても年を取っていても、みんな生命の恵みだもの。じいちゃんはね、今からでも遅くない、人に喜ばれる仕事をするぞってすごくはりきっていたよ。尊敬しちゃうよ。」

直人と静代は、思わずあすかを見る。静代の懸念など吹き飛ばすように、あすかは、堂々としていった。

「ね、パパ。そう思わない？」

「まあ、な。」

裕治は戸惑っていた。あすかを、どう扱えばいいのだろう。へたに刺激すれば、また、声が出なくなるかもしれない。静代からは、いじめが原因で声が出なくなったと聞いた。いずれにしても心の弱い子なのだろう。

「きみは明日、あすかの学校へ行くんだろ。先生にちゃんと頼んどけよ。」

裕治は渋い顔を静代に向けた。箸を持った手をあすかは大きく振って、

「今日ね、お兄ちゃんと学校の下見をしてきたの。ママ、忙しかったら無理しなくていいよ。あすか一人でも大丈夫だから。」

笑顔全開でいった。

「そうはいかないわよ。」

静代の顔がすっと青ざめた。冷たい目であすかをにらむ。

「箸を置きなさい、あすか。調子に乗るんじゃない！」

口調の激しさに、裕治と直人は箸を持ったまま息をのんだ。

「はい。」

小さく首をすくめてあすかは箸を置いた。

かわいそうなママ。

あすかは思った。静代が激昂すればするほど、弱さが見えてくるような気がした。


あすかが転校した青葉小学校は、新しい家から歩いて十五分ほどの距離にあった。学校のすぐ前を幹線道路が走っている。ひっきりなしに通る車のエンジン音が、風の音を消していた。

「体調を崩しまして、田舎で静養しておりましたものですから。」

小学校の校長室で、静代は愛想のいい笑みを浮かべていった。

「あ、不登校ですか。ようするに学校、嫌いなんですね。」

六年二組担任の黒沢修は、静代の笑顔にのっけから水を浴びせた。

「いえ、それは、あの……。」

静代はしどろもどろになる。

「わたし、学校、嫌いじゃありません。」

黒沢にあすかは反発した。橋本先生もクラスの友だちも優しかったし、学校の居心地は悪くなかった。

「だったら、登校するでしょ、ふつう。」

むっとして黒沢がいった。整ってはいるが温かみのない顔で。

「不登校児は扱いがむずかしいですからね。ま、いやなら無理に来なくてもいいですから。今はそういうことになっていますから。」

木で鼻を括るような気障りな話し方をする。強気な静代も苦手なタイプと見えて、黙って作り笑いを浮かべている。

「さ、教室へ行くよ。お母さんには、もう用はありませんから。」

あすかは立ち上がり、静代は笑顔をひきつらせた。


「藤原さんの席はどこにしようか。あ、金沢さんの隣が空いているね、そこにしよう。そこに座って。」

黒沢がいうと教室が一瞬ざわめいた。ゲエーッ。カワイソウ。いろいろな声が飛びかって、その後にしのび笑いが尾をひくように続いた。

あすかが着席するのをクラス全員がじっと見つめている。

「よろしくね。」

あすかは隣席の金沢順子に小さく声をかけた。順子は赤い顔をしてうつむいた。小柄な体を緊張で固くしているのが見てとれた。クラスの異様な反応は転校生のあすかへではなく、順子に対してのもののようだった。

じっとりとした暗い雰囲気が、教室の隅々まで満ちている。

黒板の左側に、黒沢の字でクラス目標が書いてあった。『四月の目標　みんな、仲良く楽しいクラス作り』。あすかはくすりと笑った。六年二組が楽しいクラス作りに邁進しているとは到底思えなかった。


うららかな春の日。

気持ちのいい日差しを存分に浴びて、あすかは小さくあくびをした。

校庭にはサクラの花びらが舞っている。春の光の中をサクラは淡雪のように降り落ちていた。

「藤原さん、いいですか。」

突然名前を呼ばれて、あすかは我に帰った。

「はい。」

呼ばれた勢いで返事をしてあすかは黒板を見た。委員や学級の係を決めているところだった。

交流委員の下にあすかの名前が書いてあった。

「では決まりです。藤原さんが交流委員を受けてくれました。」

女子議長の浜本晶《あきら》がいい、全員でぱちぱちと拍手をする。

「じゃあ、次は。」

議長席の吉浦茂が黒板を振りむいて、まだ決まっていない係を読み上げた。

――交流委員て何をするんだろう。いつの間に、あすかの名前が挙がったのかな。

あすかがサクラに見とれている間に、事は決まってしまった。

「議長。」

手を上げて黒沢が立ちあがった。

「交流委員は藤原さんには無理だと思うなあ。かなり仕事量があるよね。途中で休まれたら困るでしょう。」

悪意を優しい笑顔にくるんで、あすかに投げ付けてきた。

「藤原さん、無理しないで断っていいんだよ。後で押しつけられたのが嫌だったっていわれても困るからさあ。」

黒沢は皮肉っぽい笑みを浮かべた。

「先生、それどういうことですか。藤原さんて、ひょっとして不登校とか。」

くすくすと笑って、野村真知子は首をすくめた。

――なんだかおかしい。不登校っていけないことじゃないのに。

――よしっ。なんとかなるわね。

手を挙げてあすかは立ちあがった。

「わたしやります。わからないので、いろいろと教えてください。」

緊張してあすかの声は裏返っていた。

「よっしゃ、決まり！」

茂が景気よくいって拍手を促した。黒沢の広い額に青い筋が走る。苛立ちを隠そうともせずに、みんなに聞こえるように舌打ちをした。

ドキドキと脈打つ胸に手を当てて、あすかは爽快感を味わっていた。こんなに明確に自分の意思を表したのは、生まれて初めてのことだった。

――じいちゃん、あすか、なんとかやれそうだよ。

頬を染めて微笑むあすかを、順子は眩しそうに見ている。

「金沢さん、いろいろと教えてね。」

あすかがいうと、順子は戸惑いながらも嬉しそうにうなずいた。

長い休み時間になると、クラスはいくつかのグループにきっちりと分かれた。あぶれているのはあすかと金沢順子だった。

「藤原さん、ちょっと。」

学級委員に決まった晶があすかを手招きした。晶の席には女子が四人集まっていた。

「交流委員のこと、教えてあげるね。」

晶は赤い縁のある眼鏡を、ついと指で押し上げていった。

青葉小学校の近くには、在日米軍の家族用住宅があった。住宅地にあるアメリカンスクールと青葉小学校は、数年前から交流を重ねていた。その交流のための行事を企画するのも、交流委員の大事な役割なのだと晶はいった。

「それとね、隣にある養護学校との交流会の準備もあるの。」

アメリカンスクールと養護学校、そして青葉小学校。三校は運動会や卒業式など、機会を捉えては交流しているのだという。

「仕事量が多いし、手が抜けないでしょ。六年になると受験の準備とかでみんな忙しいから、交流委員のなり手がいないの。誰かを説得しなきゃいけないから議長は大変てわけですよ。藤原さんに受けてもらえてラッキーだったわ。」

眼鏡を押し上げて晶がいう。熱心に話す時の晶の癖らしい。

「それからね。」

あすかに額を寄せて晶は声を潜めた。取り囲む四人の額も一斉に寄ってきた。

「忠告よ。カナキン、あ、金沢さんとは親しくしない方がいいよ。」

四人の頭が一斉にうなずいた。

「どうしてなの。同じクラスなのに、変だよ。」

黒板のクラス目標を指してあすかがいった。

うふふと四人が笑う。

「あんなのできっこないじゃん。表向きそういっているだけよ。」

賢そうな目をして四人の中の一人がいった。

「あの子、今クラスで浮いているの。藤原さん、巻き込まれるの嫌でしょ。」

晶の忠告に「そりゃ嫌よね」「当然よ」と、四人は一言ずつ付け加えた。

教室に大きな音が響き、順子の悲鳴があがった。

驚いてあすかは後ろを振り向いた。四人の中の一人は素早い動きであすかの視界を遮った。

「見ない方がいいわ。知らんぷりをしとくの。」

晶とまわりの四人は顔を見合わせ、一瞬のうちに表情を消した。

「きったねえだろう、さわんじゃねえよ。」

「痛い！　止めてよ。」

「バイキンが、生意気な口きくんじゃねえ！」

順子の泣き声と男子の太い声が重なった。

ドッスンという鈍い音がして順子が倒れた。たまらずあすかは振り返る。

体格のいい小林大輔をリーダーとする数人の男子が、倒れた順子を取り囲んでいる。順子の体が蹴られる音。ウッとくぐもった呻き声がした。

日常的な光景なのだろう。みんなはまるで街頭で始まったパフォーマンスを見るような、冷めた目で眺めている。

「そいつ、うっとうしいからさ、教室から出しちゃえば。」

野村真知子の提案に「そうだね、それいいよ」と数人が盛大な拍手をした。大輔はだんだん調子にのっていく。

「そうだな。バイキンを教室から追放することに賛成なやつ、手を挙げろ。」

肩をいからせ大輔はにらみをきかせる。良心の痛みより孤立する方が怖い。いじめのターゲットになるのはもっと怖い。手は続々と挙がっていく。ドミノ倒しのように隣から隣へと広がっていった。

あすかの腕を四人の中の一人がとって、強く引っ張り上げた。あすかは唇を噛んでうつむいた。膝ががくがくと震えていた。

「全員一致でクラス追放に決まったからな。悪く思うなよ。」

大輔とその仲間たちはうずくまる順子を突き飛ばし、順子のランドセルを廊下に放り投げた。

泣き叫んでいた順子だったが、全員が敵と知ってからは一切声を出さなかった。

――もう、がまんできないよ。

立ち上がろうとするあすかを、

「だめよ。今行ったら次のターゲットに決まる。静かにしてなさい。交流委員ができなくなるでしょ。」

晶が強い力で制した。

「これが六年二組の現実だもの、受け入れないと仕方ないじゃん。」

四人の中の一人が肩をすくめ、ため息まじりにいった。

そのまま、順子は教室に戻らなかった。

――ごめんなさい、金沢さん。

あすかは順子の席を見ることができなかった。自分の弱さが恥ずかしくて、ずっとうつむいていた。

命は恵み

晴れた朝だというのにあすかは憂鬱だった。六年二組の教室を思い浮かべるだけで吐き気がしてきた。あすかはうつむいて、とぼとぼと通学路を歩いていた。

交差点で信号を待っていると晶と一緒になった。

「おはよう。元気がないのね。もしかして昨日の事、気にしているの。」

晶はあすかの顔をのぞきこんだ。

「浜本さんは気にならないの？　友だちが殴られたり蹴られたりしているのに、なんにもしなかった自分が気にならないの？」

あすかに問いただされ、晶は顔を赤くしてうつむいた。

「わたしね、あれからずっと考えたの。今もね、考えている。考えれば考えるほど、わたしは、自分が恥ずかしくなるの。」

信号が青になり、あすかと晶は並んで、横断歩道を渡った。

「わたし、知らんぷりなんてできないよ。目と耳と口を塞いでも、心までは塞げないもの。仕方がないっても思えないの。自分に嘘をつくことになるような気がするの。」

晶は首をかしげてあすかの顔を見た。

「わたしね、小林くんよりみんなが怖かった。仕方がないってあきらめてる、みんなの方がずっと怖かったよ。」

あすかがいうと、晶は一瞬顔をくもらせ、それから眼鏡を押し上げてじっと何かを考えていた。

「このことね、藤原さんにだけいうね。」

きまじめな顔で晶が切りだした。

「ゆうべね、うちに金沢さんのお母さんから電話があったの。びっくりしちゃった。」

「じゃあ金沢さん、お母さんにいえたんだ。」

あすかが訊く。

「ううん。金沢さんは、泣いてばかりで何もいわないんだって。だからおばさん、わたしに学校の様子を教えてほしいっていうの。」

晶が答えた。

「話したのね、昨日のこと。」

足を止め、あすかと晶は目を合わせる。

「仕方がなかったのよ。お母さんからちゃんと話しなさいっていわれたし。全部話したわ。おばさんね、泣きながらすごく怒ってた。母親なら当然だよね。」

「そうだよね、当然だよね。」

あすかは静代ではなく、祖母の顔を思い浮かべた。あすかがいじめにあったら、祖母はきっと泣きながら怒るだろう。

「わたし、叱られちゃった。あなたは何をしていたんだ、友だちが傷つけられているのに、助けようとは思わなかったのかって。母親ならそれも当然なんだよね。」

——当然じゃない母親もいるけどね。

あすかは心の中でいった。静代の顔を思い浮かべながら。

「そうはいわれても現実は厳しいのよね。大人が思うほど、子どもの世界は甘くはないわ。二組の教室じゃあ何にもできっこない。」

悲しそうな目をして晶はくちびるを噛んだ。

「そうかな、わたしはできると思う。金沢さんのお母さんに訊かれたら、わたし、ちゃんと答えられるようにしたい。」

何よりも自分に恥ずかしくないようにしよう、とあすかは誓った。

教室の窓にもたれて、大輔と真知子が仲良くおしゃべりをしていた。

「空気が、すっげえ爽やかになったな。」

「小林くんがお掃除してくれたもんね。カナキン、ずっと来なきゃいいのにね。」

真知子は大輔のご機嫌をとるようにいった。大輔は大袈裟にのけぞる。

「おまえ、すっげえこというじゃん。」

にやりと笑うと、大輔はかすれた声を張り上げた。

「みんな聞けよ。野村がさあ、金沢さんは死んじゃえっていってるぜ。そういうことといっていいのかなあ、いけないよなあ。」

真知子の顔が蒼白になった。カナキンがノムキンに変わる可能性だってあるのだ。そのことを忘れていた。真知子は恐怖におののいた。

始業のチャイムがなった。

黒沢は一人一人名前を呼びながら出席をとった。

「藤原さん。あれ、欠席じゃないんだね。えらいね、がんばれよ。」

にこりとしていった。あすかは顔が赤くなった。

「欠席は金沢さんだけだね。」

出席簿から顔を上げ、黒沢は教室を見回した。

「先生、金沢はもう来ません。追放することにクラス全員で決めましたから。」

大輔はいいながら、じっと黒沢の反応を見ている。

「追放?」

ふふっと黒沢は笑った。信じられないとあすかは思った。

「あのねえ、先生はいつもいじめは悪いことだっていっているよね。クラス目標にもあるように、みんな仲良くしなきゃだめだよ。」

軽く優しくいった。黒沢の本心が、『表向き』の言葉にはないことをみんなはもう知っている。大輔はとくに敏感に嗅ぎ取っている。

「おい、カナキンがきたぞ。」

窓側の席の男子が叫んだ。大輔と大輔の仲間たちが窓辺へと走った。

「追放令を出したのに来んじゃねえよ。」

「ムカツクなあ。」

教室の開けた窓から仲間の一人が叫んだ。

「金沢、おまえ追放だぞ。帰れよ!」

大輔は後ろを振り返って黒沢の反応をうかがっている。騒ぎに気付かないふりをして、黒沢は黒板に算数の公式を板書している。

大輔は安心して窓辺にいる仲間たちに向かって号令をかけた。

「帰れ、帰れ、帰れ、帰れ。」

声を揃えてはやしたてる。

順子は校庭に立ち尽くし教室の窓を見上げていた。サクラの花びらが、順子の頭上に降り落ちている。

あすかは拳を握りしめて立ち上がった。

「もう、止めなさいよ！」

みんなの視線があすかへ集中した。

「自分が何をしているかわかっているの！　友だちを傷つけるのって、そんなにおもしろいことなの?!」

あすかは叫ぶと同時に教室を飛び出した。順子を迎えに校庭へと走る。

「待って、わたしも行く。」

後ろで晶が叫んでいたがあすかは構わずに走った。

校庭に順子の姿はなかった。あすかは学校の外へ順子を探しに出た。交差点の信号のところでようやく順子に追いついた。

「藤原さん、すごい速いんだもん。苦しいよう。」

晶はハアハアと息をきらしている。

「金沢さん、一緒に教室にもどろうよ。」

あすかがいった。振り返った順子の顔を見て、あすかははっと息をのんだ。表情の無い暗い顔。生きる力が感じられなかった。声を無くした時のあすかと似ていた。

――一人にはしておけない。誰かがそばにいないと。

あすかは不安になり緊張で震えた。

「金沢さん、早く戻ろう。」

晶が手を取ろうとすると、順子は振り切って走っていった。あすかと晶は順子の後を追う。順子は歩道橋の真ん中で走りすぎる車を見ていたり、近くのビルの非常階段を登っていったりした。そのたびにあすかと晶は顔を見合わせ、そっと近づいて両側から順子の腕を取った。

歩き疲れて三人は小さな公園のベンチに座り込んだ。

「ああ、お腹空いたねえ。今日の給食、何だったっけな。」

晶は大きなため息をついていった。

「この公園、春の匂いがするね。」

草の匂い。花の香り。あすかは目を閉じて大きく息を吸った。晶と順子もあすかに倣って目を閉じて深呼吸をする。

「だめだ。目を閉じると給食が浮かんでくる。」

顔と名前に似ず晶はかなり現実的だ。大きな音を立ててあすかのお腹が鳴った。つづいて晶、順子と、お腹の虫が鳴き出した。三人は顔を見合わせて声をあげて笑った。

自転車の急ブレーキの音がして、「あれーっ」という叫び声が聞こえた。

「やっと見つけたよ。何やってんのこんなところで。」

三人の前に吉浦茂が現れた。茂は小柄でかわいい顔をしている。確かあすかの前の席だった。

「みんな、大騒ぎで探しているんだよ。のんびりしている場合じゃないよ。」

笑い転げている三人を見て、茂は呆れている。

「だってわたしたち、お腹が空いて動けないんだもの。助けてよ。」

苦しそうにお腹を抑えて晶はいった。

「わかった、待ってな。」

茂は急いで菓子パンとジュースを買ってきた。黙々と食べる三人を、茂は目を丸くして眺めている。

陽が沈みかけて、辺りはほんのり暗くなった。西の空が茜色に染まっている。

「わあ、きれいな空だねえ。」

あすかが叫んだ。

「夕焼けなんて見たの、なんか久しぶりだな。」

茂はいってあすかのとなりに座った。かじりかけのパンを持ったまま、晶と順子も空を見上げた。

「わたしね、死のうと思っていたの。」

見上げたままで順子がいった。茂が「ひっ」と小さな悲鳴をあげた。

「わたし、ずっといじめられていたでしょ。教室にいるのすごく辛かったの。」

少し間を置き、順子は息を整えた。

「明日死のう、だから今日は我慢しようって、ずっと耐えていたの。」

とても悲しい話だとあすかは思った。順子の肩にそっと手を置く。

「でもね、明日まで待てなくなったの。だから今日、死んでしまおうって……。」

茂がごくんと唾を飲み込んだ。晶とあすかは息をつめて聞いている。

「だけどね、わたし死ぬ方法が分からなかったの。どうやったら死ねるのか、探してみたけどわからなかったの。わたし、死ぬこともできないの。」

順子はいってぽろぽろと涙をこぼした。あすかは順子の肩を抱く手にいっそう力を込めた。

「わからなくてよかったわよ。」

晶の眼鏡の下から涙が流れてきていた。

「金沢さんは、どうして死ぬ方法を探そうとしたのかなあ。」

あすかがいった。

「わたしもね、すごく辛いことがあったの。毎日泣いてばかりいて、死んじゃいたいって思ってた。」

あすかは細いあごをついと上げて視線を空に向けた。

「その時ね、わたし、一生懸命生きていける方法を探したの。」

語尾が震え、あすかの目尻には涙が一筋光っていた。

「それで、見つかったの？」

茂が訊く。リスに似た丸い目を輝かせて。

「うん、田舎のじいちゃんの畑でね。すごく時間がかかったけど、見つけたわ。」

「で、それはなんだった？」

今度は晶が訊いた。眼鏡を細い人差し指で押し上げながら。

「答えはねえ、いろんなところに隠されていたの。土の中や木の上や、それから空にもね。虫も植物も土も風もぐるぐる輪になって生かし合っているでしょ。みんな、自然の恵みなんだって思ったの。ママの命も自然の恵みなら、わたしの命も自然の恵み。ぐるぐる輪になって生かし合っているんだなって。」

あすかはにっこりと微笑んだ。

「僕の命も恵みなんだ。へえ、なんか面白い。」

「わたしの命も金沢さんの命も、自然の恵みね。うん、なるほど。大事にしようって思えてくるもんね。」

晶がうなずく。

「金沢さん。死ぬ方法より、幸せに生きていく方法を探そうよ、ねっ。」

あすかは順子の目を捉えていった。

「できるかなあ、わたしに。」

順子の顔に弱々しい笑みが浮かんだ。

「きっとできるよ。わたしたちも応援するからね。」

晶とあすかは両側から順子の肩を抱いた。強く温かく、心をこめて。

気がつくと辺りはすっかり暗くなっていた。あわてて四人は立ち上がった。

「さあ、大騒ぎの学校へ乗り込むか。」

力強く茂がいった。

「しげちゃんは帰っていいよ、塾があるんでしょ。」

晶はもう走り出している。あすかと順子と一緒に。

「僕も行くよ。こういう時はさ、一人でも多い方が心強いだろ。」

茂は、自転車で三人のあとを追いかけていく。

エスケープ

校長室のテーブルには、通学用カバンが二つ置いてあった。校長はカバンに手をあてて、他に打つ手はないかと必死になって考えていた。

黒沢から「児童が三名、授業中に学校を飛び出したまま戻らない」という報告があってから六時間が経過していた。外は暗くなってきている。

探しに出た先生たちから、

「歩道橋の上で、身を乗り出している女の子たちを見かけたそうです。」

とか、

「二丁目のマンションの管理人さんが、非常階段を上ろうとした女の子たちをきつく叱ったそうです。」

などと連絡が入っていた。職員室に緊張の糸が張りつめた。行動をつなげていくと、おのずと目的が浮かび上がってくる。最悪の事態。それが意味する結果を思うと、校長の胃がきりきりと痛んだ。

黒沢は子どもたちの行動や行方について、まったく心当たりがないという。順調な学級経営をしていたにもかかわらず、一人の問題となる転校生に学級の秩序を乱されたと憤慨し、わたしの責任ではない、と自己防衛に終始している有様だった。

他の先生たちが心配して我先にと探しに出ていく中で、職員室のパソコンの前を動こうともしなかった。

「経歴や書類の処理能力は見事なんですがねえ。」

教頭が頭をかきながら苦笑した。教師として一番大切なこと、児童の安否を気づかうという気持ちが黒沢には感じられなかった。それが校長には残念でならなかった。

「わたし、もう一度連絡していただいた場所に行ってみますよ。なんだかじっとしていられません。」

「そうですね、お願いします。どんな小さな手がかりでも大事にしていきましょう。」

教頭を見送ると、校長は窓辺に立って校庭に目を凝らした。暗さを増す校庭には、サクラの大木がぼんやりと白い。

「どうぞ無事でいてくれますように……。」

痛む胃のあたりを手でさすって校長は祈った。外の暗さが増すごとに不安は募っていく。

玄関を入ってすぐに黒沢に出会ったことは、四人の不運というしかなかった。そのまま並んで黒沢の罵声を浴びることとなった。

「おまえら、何やってたんだ！」

広い額に青筋をたて、黒沢はいつになく感情をあらわにしていた。怒りで体をぶるぶると震わせている。

「おまえらのわがままな行為で、どれだけ先生が迷惑したかわかってるのか。浜本までがなんだよ。学級委員だろ。藤原にそそのかされたのか。そうなんだろ。」

黒沢は憎々しげにあすかを見ていった。

「連絡ぐらいしろよ。それが常識だろうよ、まったく。おまえらの親はどんな教育をしてるんだよ。冗談じゃないよ、まったく。新学期の忙しい時期に迷惑なんだよ。謝れよ、ちゃんと謝れ。」

撒き散らす憎悪の言葉。『表向き』の仮面を取った黒沢は、幼稚で薄っぺらな心をあらわにした。

心が冷え冷えとしてくる。玄関を入る前に四人が用意していた謝罪の言葉は、すでに行き場を無くしていた。

職員室から養護教諭の伊藤美紀子が顔を出した。四人の姿を見てあわてて飛び出してきた。

「無事だったの！　よかったあ！」

伊藤はあすかと晶、順子の手を取って涙ぐんだ。

「心配してたんだよう。本当に。」

大きな体に三人をしっかりと抱いて伊藤はいった。出身の北海道のアクセントが温かく響いた。

「伊藤先生、甘やかさないでくださいよ。」

苦く笑う黒沢に、

「ほら黒沢先生、早くお家の方へ連絡入れないと。心配されているっしょ。それから探しに行っている先生方にも。早く、早く。」

ぽんぽんと急くように指示を出した。

「校長先生、子どもたちが帰ってきましたよ。」

大きな声で伊藤はいい、四人の背中を押した。

「ごめんなさい。ご心配をかけました。」

晶とあすか、順子と茂は声を揃えていった。行方不明の三人ともう一人。神妙な顔で頭を下げている。

「お帰り。よく帰ってきてくれたね。」

校長は一人一人の名前を呼び微笑みかけた。晴れ晴れとした子どもたちの笑顔に、安堵して涙がこぼれた。眼鏡を外して、校長は目にハンカチをあてた。

「無事で本当によかった。」

校長の思いが四人の心に伝わってきた。

「ごめんなさい、僕、すぐに連絡をすればよかったのに。」

茂の目にも涙があふれてきた。綿シャツの袖で涙をぬぐった。あすかと晶もしゃくりあげて泣いている。順子の手を取りながら。

「わたしも、夢中で……。こんなに心配していること、わからなくて……。ゆっくりパンを食べちゃって……。」

泣きながら晶は訳のわからないことをいう。

「そうか、そうだよなあ。お腹空いたよねえ。うん、安心したら僕もお腹がすいてきたよ。」

校長はいって、飲み物と何か食べるものを持ってきてくれるように伊藤に頼んだ。伊藤はすぐに熱い紅茶とクッキーを持ってきた。

熱い紅茶が疲れた体をほぐしていく。校長と向き合ってソファに座り、四人は紅茶を飲みクッキーを食べた。時々しゃくりあげながら。

「おうちの方には連絡したからね。すぐに迎えに来てくださるから安心しなさい。」

校長は優しく微笑んでいった。

「きみたちを心配して、大勢の人があちこち探してくれたんだよ。すごくありがたかったなあ。どうして教室を飛び出したりしたのかな。」

穏やかな声で訊く。

「わたしのせいです。」

くぐもった声でいい、順子はゆっくりと顔をあげた。

「藤原さんと浜本さんは、わたしの命を助けてくれたんです。」

校長を見て、しっかりとした声でいった。

「わたしを心配してずっとついてきてくれました。死のうと思っていたわたしの手を、二人がつかんで放さなかったんです。」

ひっくひっくと順子の喉が鳴った。

「二人がいなかったら、わたし……、わたし……。」

順子は声をあげて泣き出した。校長がハンカチを出して順子の涙をふいて、

「そうだったのか。いい友だちがいてよかったねえ。」

といった。

「わたし、いい友だちじゃありません。金沢さんをいじめていました。」

晶がいい、

「僕もです。教室で、金沢さんがいじめにあっているのを黙って見ていました。金沢さんが死のうとしたのは、僕にも原因があります。」

茂がいった。ぐすぐすと鼻を鳴らした。

カナキンと呼ばれていたこと。クラスから追放令が出たこと。今朝も「帰れ、帰れ」といわれたこと。

順子と晶と茂は、全てを校長に話した。

「藤原さんにいわれて、わたし、自分のしていることに初めて気がつきました。知らんぷりをしているのは、とっても恥ずかしいことなんだって。」

晶は眼鏡を指で押し上げる。校長は大きく頷いた。

「本当はすごく怖かったけど、勇気をふるって金沢さんと藤原さんの後を追いかけました。金沢さんにもしなんかあったらと思うと、夢中でした。」

晶の話を聞きながら、校長は深いため息をついた。黒沢の順調な学級経営の実態は、子どもたちを置き去りにした虚構だったようだ。

いじめられた順子の辛さ。良心の呵責に苦しむ晶と茂。そして、あすかの驚きと恐怖。大輔の暴発にも痛みがあるのだろう。子どもたちの心に思いを寄せると、校長は胸が苦しくなった。学校改革がいわれ変革を余儀なくされているが、その方向は果たして正しいのだろうか。子どもの命と心を守るという教育の基本理念を、忘れてはいないだろうか。校長は自分の心に問い直してみる。

「金沢さんには本当に辛い思いをさせてしまったね。ごめんね。」

そばにいながら気づかずにいた自分の迂闊さを、校長は順子に詫びた。

「わたし、もう大丈夫です。わたしの命は自然の恵みだって、藤原さんが教えてくれました。恵みなんだから、胸を張って生きてていいんだって。」

泣きはらした顔に順子は笑みを浮かべた。校長のハンカチをしっかりと手に握り締めている。

「いいなあ、恵みねえ。いい言葉だねえ。」

校長は深い感動に包まれた。

「だから、わたし、もう死のうなんて思いません。」

順子がいうと、あすかも晶も嬉しそうに笑った。

「藤原さん、ありがとうね。きみの存在はこの学校の大きな恵みだよ。いい時にいいクラスへ転校してきてくれたね。救われたよ、ありがとう。」

テーブルに手をついて校長は深々と頭を下げた。思いがけない校長の言葉に、あすかは涙があふれてきて止まらなくなった。

「浜本さん、吉浦くん、ありがとう。きみたちの優しさと勇気に感謝するよ。本当に良い恵みをもたらしてくれたね。」

校長は晶と茂にも頭を下げた。

「どういたしましてです。」

頬を染めて茂がいった。それ以外に返す言葉を思いつかなかった。

あすかを迎えにきてくれたのは直人だった。順子や晶の母親、茂の父親とともに、もっともらしい顔で校長の事情説明を聞いていた。

玄関を出ようとした直人に、

「すばらしい妹さんですね。あすかさんの活躍で事無きを得ました。本当に感謝しています。お友だちはあすかさんの言葉で、生きる力をもらったといっていましたよ。ご両親にどうぞよろしくお伝えください。」

と校長がいった。

空にはおぼろ月が浮かんでいる。

サクラ並木がつづく公園通りを、直人とあすかはゆっくりと歩いていた。

「お兄ちゃんと一緒に歩くのって、初めてみたいな気がする。」

嬉しそうにあすかはいって、直人を見上げた。

「あ、そうか。初めてかもしんないな。」

「なんか楽しいな。お兄ちゃん、手をつなごうよ。」

「ばーか。小学生の妹と手なんかつなげるかよ。」

直人は笑ってあすかの頭をつっついた。ふわふわと春の風が吹いて、サクラの花びらを散らした。歩道は白い花びらで埋まる。

先を行くあすかの足取りは自信に満ちていた。

「おまえ、すごい変わったよな。」

あすかの背中に直人は小さくつぶやく。足を止めてあすかが振り返った。

「人って変われるもんなんだな。」

あすかに聞こえるように、直人は大きな声でいった。

「当たり前でしょ。」

迷いもなくあすかは答えた。首を傾げて直人をじっと見つめている。

「じいちゃんがいってたもん。何時だって、何処でだって、その気にさえなれば人は変われるって。」

にっこりと笑って、

「お兄ちゃんはそのために勉強しているんでしょ。そうでしょ、人は変わるために学ぶんだよね。」

あすかはいった。夜空に向かってあすかは両手をいっぱいに広げる。ひらひらとサクラの花びらがあすかの腕に降り注いだ。

養護学校

廊下で繋がっている青葉小学校と養護学校の間には、大きな扉があった。西側の青葉小学校には七百名余りの子どもたちがいて、東側の養護学校には五十名ほどの最重度重複障害の子どもたちがいた。午前中の中休みになると扉は開けられ、二つの学校が一つになった。

廊下には明るい日差しが注いでいる。

「扉が開いてる時はね、中休み交流をしているってことなの。」

いつものように眼鏡を指で押し上げて晶がいった。

「中休み交流って？」

あすかが訊く。休み時間に二つの学校の子どもたちが自由に行き来し、交流を深めるのだと晶は説明した。

「わたしも行ってみたいな。」

期待をこめた目で、あすかは晶を見た。

「藤原さんのことだから、きっとそういうと思ったわ。」

困惑の表情で晶はいい、小さなため息をこぼした。

「いいわ、行こう。ついてきて。」

晶はきりりと口許を引き結んだ。覚悟を決めたというように、先に立ってすたすたと廊下を歩いていく。

「ここはね、訓練室よ。」

入ってすぐの教室の前で晶がいった。開いたドアから中をのぞくと、ミニチュアの体育館のようだった。板張りの床にポンポンとボールが弾んでいる。車椅子に乗った養護学校の生徒が二人と小学生が一人。そして先生が二人いて、赤や青のカラフルなボールを転がしたり放ったりしていた。

晶はあすかの背中に隠れて、怖々と室内をのぞいている。

「あれ、浜本さんじゃないか。」

先生の一人が振り向いていった。

「真田先生だ。」

あすかの背中で晶がつぶやく。真田は青いボールをほいと小学生に渡して、二人のそばにきた。

「久し振りだね、元気だったかい。」

「はい。」

硬い表情で晶は答えた。

「うちのクラスの交流委員の藤原さんです。藤原さんは転校生で、どうしても中休み交流を見学したいっていうから。」

晶の声は上ずっている。

「そうか。ようこそ藤原さん。」

嬉しそうに真田が笑った。白いTシャツに黒のジャージの上下。たくましそうな腕と胸には厚い筋肉が付いていた。

「浜本さんが全然顔を見せてくれないから、めぐみちゃん寂しそうだったよ。」

真田がいうと晶の顔色が変わった。

「せっかく来たんだから、めぐみちゃんにも会っていこうな。」

さあ、さあ、と真田は晶とあすかの背中を押した。重い足取りの晶を励ますように強い力で押した。

廊下に沿うように中庭があり、花壇があった。レンガで縁取られた花壇には、クロッカスやチューリップの花がこぼれるように咲いていた。

めぐみのいる教室の前に来ると晶の足は止まった。おびえた表情で真田を見上げている。

「さあ、行こう。」

ためらう晶に真田は優しく微笑んでいった。

教室の窓側にめぐみはいた。明るいオレンジ色の絨毯の上に横たわって、窓越しに青い空を見ている。めぐみの枕元に三人は座った。

「めぐみちゃん、お友だちだよ。藤原さんと浜本さん。」

真田がいうと、めぐみはゆっくりと瞳を動かした。

「生きていたんだ！」

晶の口からため息と一緒に大きな声がこぼれ出た。よほど強く握りしめていたのだろう。胸の前で組んだ晶の両手の指先は赤く染まっている。思いがけない言葉に真田とあすかは晶の顔を見つめた。

「あ、ごめんなさい。わたし……。」

晶はあわてて両手を口にあてた。不用意な言葉を口にしてしまった苦さが、晶の心に広がっていった。真田が優しい笑みを浮かべて、

「気にしないでいいよ。めぐみちゃんのことを心配してくれていたのがよくわかるよ。ありがとな。」

と慰めた。晶の不安は真田の不安でもあった。重い障害のある子どもたちと、真田は日々を過ごしている。ちょっとした容態の変化で、子どもたちの命は消えていく。今生きているということ。そのことがどれほど貴重なものか、真田は毎朝養護学校の子どもたちに教えられていた。

めぐみの大きな瞳が晶を捉えた。

「こんにちは。」

晶とあすかは声を揃えていった。今月の初めに十二歳になったというめぐみは、重度の障害がある。身体が小さくて、小枝のように細かった。透き通るような白い肌と大きな澄んだ瞳。長い髪をきれいに編んでいて、花の髪飾りをしていた。

「目と手の動きでね、めぐみちゃんは自分の意思を伝えているんだ。」

真田がいった。

「聴力はないはずなんだけど、僕たちの話は理解できているみたいなんだな。」

めぐみの瞳がうなずいている。それがあすかにも伝わってくる。

「本当だ。めぐみちゃん、返事をしてくれた。」

本当に不思議なんだ、と真田は小さく笑った。めぐみの大きな瞳は真田から晶へ、そしてあすかへと視点を移していく。大きな黒目がちの瞳に見つめられると、あすかは胸が熱くなった。あすかをまるごと受け入れてくれたのが、めぐみの瞳から感じられた。

「わたしのこと、覚えているかな。」

晶がいった。めぐみの細い手が揺れて晶の頬に触れた。

「うわあ、嬉しい。覚えていてくれたのね。」

めぐみの手を取って晶は弾んだ声をあげた。言葉はなくともめぐみの思いは伝わってくる。

晶の顔からすっかり怯えの色が消えていた。

「わたし、あすかです。よろしくね。」

言葉がめぐみの瞳に止まるように、あすかは口許を明瞭に動かしていった。めぐみの手を取ると軽く揺らした。めぐみちゃんの手は熱っぽく、そしてか弱かった。

「先生、明日もめぐみちゃんに会いに来ていいですか。」

あすかは真田に訊いた。

「ありがたいな大歓迎だよ。友だちになろうな。」

まるで自分にいわれたように真田は喜んでいる。

「先生と？」

晶とあすかは顔を見合わせて叫んだ。

「いやあ悪かった。確かに誤解されるようないい方だったよな。」

頭をかきかき真田は笑った。あすかの申し出は、真田が我を忘れるほどに嬉しいことだった。

「養護学校の子どもたちにとって、友だちは貴重な存在なんだ。」

「じゃあ、わたし、めぐみちゃんのお友だちになります。」

「わたしも。」

あすかと晶が目を輝かせていった。

「ありがとう。よかったな、めぐみちゃん。」

真田はめぐみに笑いかけた。友だちの笑顔は元気の素、奇跡を起こすほどの薬になると真田は思っている。めぐみにも年相応の体験の機会を与えたいとずっと思っていた。

「入学したての頃と比べると、めぐみちゃんもすごく元気になったんだよ。目と手を使って意思を伝えることも、青葉小との交流で学んだことなんだ。」

「えっ、交流で？」

晶が驚いた顔をした。

「青葉小の友だちが声をかけるだろう。そうするとみんな嬉しいってことを、なんとか表現しようとするんだよな。それが機能しないといわれていた身体に変化をもたらすんだよ。」

「交流学習ってそんなに大切なものなんだ。わたし、全然意識してなかったな。」

めんどうだな。そう思ったこともある。晶は心が痛んだ。真田は太くて大きな眉をぴくぴくと動かして、三人の顔を交互に見た。

「交流学習でさ、青葉小のみんなとゲームをやったろ。」

「すごく盛り上がったよね。みんな、わいわい大騒ぎだったもの。」

晶がにっこりと笑っていった。

「楽しそうにみんなの歓声があがったろ。そしたら自分もやりたいというように、声を出した子がいたんだよ。その子の状態ではどう考えても不可能なことだったんだ。病院の先生にいったら、奇跡だって目を丸くしていたよ。」

当時の感動を思い出して、真田は目を潤ませた。

「へえ、すごいなあ。交流学習が奇跡を起こすなんて。」

晶の心はますます痛んだ。

「奇跡を起こす力があるのは、交流学習そのものじゃなくてきみたちなんだよ。子ども同士で遊ぶことは大事なことなんだって思ったな。大人と関わる時とは違うコミュニケートの回路があるのかもしれないな。」

　真田は腕を組んで考え込んだ。

「メグって呼んでいいかな。わたしのことはあすかでいいよ。」

「じゃあわたしのことは、浜ちゃんって呼んでね。」

「浜本さんが浜ちゃんねえ。なんか違うって気がするけど。」

　あすかはくすくす笑った。

「おかしいかなあ。そうかなあ。」

　眼鏡を押し上げながらつられて晶も笑った。あすかの笑い声にめぐみの笑い声が重なった。

「先生、メグが笑っているよ。」

　晶が真田の肘をつっついた。真田は息を詰めてめぐみを見た。教室にいた他の先生たちも駆け寄ってきた。めぐみはくっくっと喉をならして笑っている。

「すごいなあ。まったくきみたちにはかなわないよ。」

　信じられない光景だった。感じることも考えることもできないといわれていためぐみが、目の前で楽しそうに笑っている。真田の目に涙があふれてきた。

「また奇跡が起こったね。まいったな。」

太い指で真田は目頭を押さえた。

昼休み。転校生のあすかのために、真田は養護学校を案内してくれた。

「重度・重複障害児といって、とても重い障害のある子が多いんだ。小学部には三十七名、中学部には十名在籍しているよ。他に訪問している子が五名かな。」

真田は歩きながら指を折って、子どもたちの名前をつぶやいた。

「へえ、訪問して授業をするんですか。家庭教師みたいですね。」

あすかが訊くと、

「障害が重かったり、おうちの事情で登校できない子もいるからね。」

真田は答える。

「あとのみんなはスクールバスなんですね。」

養護学校の入り口にスクールバスが二台止まっていた。

「そうだよ。バスが五台、市内の十一区を回っているんだ。」

「それじゃあみんなが学校に揃うまで、ずいぶん時間がかかりますよね。」

横浜市内はかなり広いし、常に渋滞している道路も多い。全員揃う頃には授業時間が終わってしまうのではないかと、あすかは心配になった。

「養護学校が少ないからね。」

話しているうちに低学年の子どもたちのいる教室へ着いた。小さな子どもたちの細い喉や腕には、何本ものチューブが伸びている。

「給食の時間だよ。藤原さんが食べた給食とほとんど同じ献立なんだ。ペーストやジュースにして、摂取しやすい調理方法を調理師さんたちが工夫してくれているんだ。」

じっとあすかを見つめている男の子は二年生。鼻に入れたチューブで給食は直接胃に送られる。隣の女の子は一年生。先生がスプーンで口に運んでいた。

「咀嚼はできないから、あごを押さえて喉を通るのを待っているんだ。」

カボチャのスープが喉を通る時、女の子は美味しそうに目を細めた。男の子にバイバイと手を振ってあすかと真田は廊下に出た。

「自分の意思で筋肉を緩めたり縮めたりのコントロールがね、できないんだよ。」

真田は手のひらを閉じて、開いた。そうなんだ。手が勝手に動くわけじゃないんだ。どんな小さな体の動きもすべて自分の意思なんだ。あすかは改めて思った。

「呼吸をするのさえあの子たちには難しいんだ。筋肉の動きをコントロールできないからね。」

今まで考えてもみなかった多くのことを真田に教わった。あすかは感動で胸がいっぱいになった。

中庭の花壇の前に手作りのベンチがあった。真田とあすかは並んで座った。咲き揃ったチューリップ。これから咲こうとする蕾。青々とした芽。

「先生は、人に喜ばれるお仕事をしているんですね。」

「そういってもらえて嬉しいな。でも逆かもしれないよ。子どもたちに喜びをもらっている方が多いような気がするよ。」

「うわあ、欲張りないいお仕事ですね。」

あすかがいった。真田は嬉しそうに顔をほころばせた。

「最近ね、ちょっと自信を失くしていたから本当に嬉しいな。」

「どうしてですか。」

「僕たちは言葉というサインに慣れすぎているだろ。言葉を使わない子どもたちのことを、僕はどれだけわかっているんだろうって思ってね。理解していると思っているのは僕の一人よがりかなあってね。」

大きな手のひらに目を落として、真田はしみじみといった。あすかはベンチを下りて、花壇の黒い土を手ですくった。懐かしいじいちゃんの畑の匂いがする。さらさらとこぼし落とす。

「わたしね、言葉が出なかったの。それで宇都宮のじいちゃんのとこへ行っていたんです。じいちゃんとばあちゃんには、不思議なほどわたしの気持ちが通じました。どうしてかわかりますか？」

あすかは真田を振り向いて訊いた。

「そんなことがあったんだ。」

あすかの顔からは、到底窺い知れなかった。健康で快活な少女に見える。外見からは、わからないほどにあすかの心の傷は回復していた。

「それはね、わかろうとしてくれたからなんです。じいちゃんとばあちゃんはわたしを信じて、わかろうとしてくれたんです。自分でも気づかなかったことまで、ちゃんとお見通しでした。」

じいちゃんとばあちゃんがいてくれたからあすかは声を取り戻せた。信じてずっと待っていてくれたから。

「先生は、養護学校のみんなを信じているんでしょ。」

「もちろん。」

真田はなんの躊躇もなく答えた。

「だったら言葉があってもなくても同じです、大丈夫ですよ。」

あすかはにっこり笑ってピースサインをした。

「ありがとう。うん、自信がわいてきたぞ。」

真田は腕まくりをして、ガッツポーズをした。

花壇の上をそよそよと春風が吹く。

学校からの帰り道。商店街につづく道を晶とあすかは歩いていた。

「今日、わたし変だったでしょ。」

晶がいった。

「どうしたのかなって思った。」

正直にあすかは答えた。

「ほんとのことというとね。わたし養護学校へ行くの怖かったんだ。」

晶の体には不似合いなほど小さくなったランドセルが、歩くたびにゴトゴトと音を立てる。

晶はランドセルの皮ひもをきつく握りしめた。

「わたしね、一年の時に仲よし学級になったこともあって、めぐみちゃんのクラスによく通ったの。めぐみちゃんともう一人、とても仲よくなった子がいたの。」

思い出すように晶は目を細めた。

「四年生の二月にね、寒い日が続いたの。雪も降った。その子の十歳の誕生会の日、わたしね、風邪で学校を休んだの。それで三日遅れてプレゼント持っていったらね、そしたら、もういなかった。その子の名前も、その子の使っていたクッションも何もないの。」

涙をこらえるように晶は唇をかんだ。あすかは晶の横顔を食い入るように見つめている。

「死んじゃったんだ、その子。悲しくて、怖くて。わたし、それから養護学校へは行けなくなった。」

晶は声をあげて泣き出した。あまりにも悲しそうに晶が泣くので、あすかも悲しくなった。

二人は向き合って声をあげて泣いた。

通り過ぎる人が何度も振り返りながら二人を見ていく。それでも二人は構わずに泣いていた。

星なつき

このところ、静代は仕事でミスを重ねていた。

――主婦だからって、仕事の手、抜かないでくださあい。自分でちゃんと後始末してくださいよう。

口をとがらせて上司がいう。溺れた恋からようやく抜け出してきたらしい。仕事のキレが戻ってきていた。スタンバイを言い渡されていた会議の通訳も上司が受けることになった。口惜しいと思うより静代はほっとしていた。今の状況ではとても出張など望めそうにもなかった。

――藤原さん、今日ちょっと付き合ってもらえませんかあ。

そういわれて一緒に食事をすることになった。裕治が出張で留守だったのが好都合だった。日本酒と精進料理の美味しいお店がいいと上司はいい、自分の携帯で予約を入れた。

主任と呼ばれている十歳年下の上司の名前は、星なつきという。

「宝塚みたいな名前でしょ。」

鼻の頭にしわを寄せて笑う。幸せをまぶしたような屈託のない笑顔だった。静代は少し意地悪をしてみたくなった。

「溺れた恋はどうしたんですか。」

席に座るとすぐに訊く。なつきは「げっ」と下品な声をあげて後ろにのけぞった。

「ふられたんですか。」

すかさず静代は二の矢を射る。

「藤原さんて、友だちいないでしょ。」

真顔になってなつきはいい、メニューを開いて料理のオーダーをする。料理を待つ間なつきはタバコを吸う。白い煙がゆらゆらと流れた。

「あまり人と群れるの好きじゃないんです。」

顔をしかめて静代は答えた。ケラケラと声をあげてなつきは笑った。指にはさんだタバコが落ちそうになるほどに。

「違うでしょ。藤原さんが嫌いなんじゃなくて、相手に嫌われるの。」

残酷なものいいをする子だと静代は胸の内で呪った。地酒の利き酒セットが運ばれてきた。取っ手のついた盆の上に切り子のグラスが五つ。グラスの中には、説明書付きの地酒が入っていた。

「恋バナシってそっとしとくもんでしょ、ふつう。ふられたかなんて訊かないよ。ていうか、訊けないもんでしょ。ほんと、藤原さんてデリカシーがないよね。」

「そっくりそのままお返ししたいわ。」

グラスに両手を添えて酒を飲み、静代はつぶやく。

「ほんと、似てるんだよね。」

なつきはいい、タバコを消した。静代が顔をあげて首をかしげた。わたしが誰と似ているの？　そう仕草で伝えた。

「藤原さんとこの子、なんて名前だっけ。」

いきなりなつきは話題を変えた。酒を飲み、突きだしのごま和えを口にする。春の味が口の中に広がった。なつきはメニューを見る。春の味はヤマウドとあった。

「直人、ですか。」

「ほらね、そうくるでしょ。違うの、好きな方じゃなくて嫌いな方の子。」

静代の顔が青ざめた。グラスを持つ手がぶるぶると震える。ゴトンと音を立てて静代はグラスを置いた。

「図星でしょ。藤原さん、その子と手をつないであげたこと、ないでしょ。」

なつきは次々とグラスの酒を飲み干していく。

「そういうことがいいたくて、わたしを呼んだんですか。」

静代は声を震わせた。この子は何を考えているのだろう。人の痛みなど知らない幸せな子に、わたしの何がわかるというのだろう。

「ごめんなさい、傷つきました？」

静代は思わずなつきを見た。心を読まれている。静代はなつきが怖くなった。

「あすかちゃん、でしたよね。わたしとおんなじ思いをしている子。」

静代の怯えた目をとらえて、なつきはいった。

「今日は母の四十九日なんですよ。藤原さんとうちの母、雰囲気がよく似ているんです。だから一緒に飲みたいなあって。」

なつきの目がふっと和らいだ。静代はなつきの話の筋を読みきれないでいる。とりあえずお

悔やみをいわなければと思い、

「お母様、亡くなられたんですか。それはお気の毒に。」

とだけいった。

「恋に溺れていたっていうの、あれ嘘です。忙しかったのは母が手術したり危篤だったりで。」

次々と運ばれてくる料理を、なつきは豪快に食べては飲む。

「全然知らなくて。ごめんなさい。」

「いいんですよう。あまり相性のいい親子じゃなかったんで。ほっとしている部分もあったりするんですよ、悪いけど。」

なつきは静代の空いたグラスに追加の酒を注ぐ。

「わたしね、母に手をつないでもらったことないんです。意地悪ばかりされていました。虐待の一歩手前ですね。わたし小学生の頃、警察に駆け込んだことがありますよ。お母さんを変えてください、わたしをよその子にしてくださいって。」

静代は箸を持ったまま呆然としている。幸せをまぶした笑顔の持ち主の頬を、涙が一筋流れていく。

「藤原さんは母に似ている。初めて会った時にそう感じました。自分の内側を見ることのできない弱さがぷんぷん匂いましたよ。」

テーブルにあった紙ナプキンでなつきは涙を拭いた。もう一枚取ってはなをかむ。

「分かりますか。わたしはあすかちゃんなんですよ。」

なつきは赤いニットのシャツをまくった。白い裸の腕に何本もの切り傷があった。静代は息をのむ。

「もう、いじめないでください。お母さん……。」

なつきはそのままうつむいて泣いていた。衝撃的だった。静代はわなわなと身震いをした。

――あすか。

テーブルにつっぷしてなつきは眠ってしまったようだ。静代の手がなつきの髪の毛に触れた。栗色のやわらかな髪。なつきの髪を静代はそっと優しくなでた。

かわいそうに。このまましばらくそっとしといてあげよう。

不思議とおだやかな気持ちで、静代は思った。

泣き虫

黒沢は泣き虫だった。叱るかわりにぐすぐすと鼻を鳴らして泣く。今日も一回泣いた。

「わたしたち、何をしたっていうんだろ。」

慣然としてあすかがいった。静かな放課後の教室には、交流委員と学級委員が残っていた。晶と茂。そしてサッカークラブのブルーのユニフォームを着た青田祥司。

「先生が泣くのは五年の時から見ているからもう慣れちゃった。勝手にどうぞって感じ。」

ふんふんと晶は首をふりながらいった。

「でも、泣くって大事なことだと思うの。自分の思いを表現することになるでしょ。痛いとか苦しいとか辛いとか。」

あすかがいうと、

「悲しいとか嬉しいとか……。それから、悔しいとか感動した時とか……。」

眉を寄せて考えながら茂が続けた。うん、そうそう。あすかがうなずく。

「泣くにはそれなりの理由があると思うの。だから泣いている人を見たら、どうしたんだろって心配するでしょ。」

「確かにそうだね。」

腕組みをして茂はえらそうにうなずいた。祥司が茂の頭をこづいて笑った。

「ささいなことに腹を立てて先生に泣かれたら、どうしていいかわからなくなっちゃう。すごく疲れてしまうの。」

ふう。あすかはため息をついた。眼鏡をついと長い指で押し上げて、晶は窓の外へ目をやった。

「最初はねクラスのみんなもね、先生が泣くと、必死で謝ったりなだめたりしてたの。でもね気がついたんだよ。先生は甘えているんだって。」

「だよね。」

茂と祥司が声を揃えていった。

「大人の甘えって重いよなあ。勘弁してほしいよ。」

サッカーボールにあごをのせて、祥司はくぐもった声を出した。

「なるほどね。黒沢先生は甘えているんだ。」

あすかがつぶやいた。いじめの問題が表面化して、黒沢はかなり難しい立場になっているらしい。けれど黒沢の姿勢に問題があったのは、あすかの目にも明らかだった。自分の内側にこそ、目を向けるべきなのではないのか。子どもに甘えて泣いている場合ではないと、あすかは思った。

――ママも同じだ。

あすかは静代の顔を思い浮かべた。静代もまた、自分を見つめることができない甘えん坊だとあすかは思った。

エスケープ事件は大きな問題になりつつあった。いじめを放置していたとして、金沢順子の父親と母親が、さっきも校長室へ抗議にきていた。

「緊急保護者会があるらしいよ。」

祥司がいう。

「それ変だと思う。」

首をかしげるあすかを三人は不思議そうに見つめる。

「わたしたちのクラスで起こったわたしたちの問題でしょう。話し合いが必要なのはわたしたちだと思う。何にもしなかったら、十二歳を卒業できなくなっちゃう。」

「十二歳の卒業ですか。」

茂と祥司は顔を見合わせてつぶやく。

「卒業するためにはどうしたらいいんだろ。」

考え深げな顔をして晶は眼鏡に手を添えた。

「ねえ、いっしょに考えるっていうのどうかな。わたしたちの話し合いを授業参観してもらうの。話し合いの中に、お父さんやお母さんに入ってもらってもいいし。」

あすかの提案に三人は飛びついた。下校のチャイムがなるまで、四人は額を寄せ合って夢中になって相談した。

順子へのいじめが公になってから、クラスの勢力地図が塗り変わった。主導権を握っていた大輔たちは、いきなりおとなしくなった。それなりの防衛本能が働いて、女の子たちは順子をちやほやし出した。

「死ぬ方法がわからない」と泣いていた気弱な順子は姿を消し、いじめをする側にまわっていった。ターゲットは野村真知子。

真知子の机やげた箱には「死ね！」「ぶっ殺す！」「消えろ」と書いた紙が貼られた。

「ひどいことをするね。許せないよ。」

あすかと晶は見かける度に破り捨てた。「死」「殺す」「消えろ」。なんと、悲しい言葉を並べるのだろう。扉一つ隔てた教室には、病と闘う友人たちがいる。消えそうな命の灯を必死で守る先生たち。そして父母たちがいる。いたずらに使う言葉ではないと、あすかは怒りで震えた。

「ねえ。野村真知子には気をつけな。先生のスパイだよ。」

授業中に順子が囁いた。驚くあすかに、

「ほんとだよ。みんないってるもの間違いないよ。お仕置きしないとね。」

小さな目を輝かせて順子はにたりと笑った。

「止めなさいよ、そんなことをいうの。人を傷つけて何が楽しいのよ。」

あすかが何をいおうとも、順子の荒くなった鼻息は収まりそうもなかった。

あすかたちは、校長に相談にのってもらうことにした。

「いじめについて話し合いたいんです。できたらお父さんやお母さんともいっしょに話し合いたいので、授業参観にしてもらえませんか。」

「いじめで死ぬほど追いつめられた友だちがいたのに、わたしたちはそのことについて何も話し合っていません。このままだったら、また同じことを繰り返しそうなんです。お願いです。わたしたちに一緒に考える時間をください。」

身を乗り出して話を聞いていた校長は、レポート用紙に書いた授業参観の計画書を熱心に読んでくれた。

「すごいなあ。よく考えたねえ。けど授業参観はどうだろうなあ。」

しばらくの間、校長は考えあぐねていた。四人は緊張して背筋を伸ばした。じっと校長の顔を見つめる。

「よし、なんとかなるか。協力しよう。」

校長は力強い声でいった。嬉しさのあまり、茂と祥司は思わず抱き合った。

「いいかい。これだけは約束してほしいんだ。いじめた人をみんなで批判して追及するようなことは、絶対にしないこと。いじめを自分の問題として考える、そういう話し合いにすること。約束できるかな。」

校長の目が厳しくなった。

「はい。」

声を揃えて返事をする。

校長室のドアを閉めてあすかは深呼吸をした。

「これからが本番ね。気合い入れないとね。」

「俺たちの十二歳の思い出がかかっているからな。」

茂が大きくうなずいて答える。緊張と期待で染まる四人の頬を、爽やかな風がなでて過ぎていった。

中休みになるのを待ちかねてあすかは、ほとんど毎日養護学校へ行った。

「おはよう、メグ。今日の調子はどうですか?」

あすかが呼びかけると、めぐみはほほえんであすかの手を探す。あすかはめぐみの手をとると、優しく揺らした。

一緒に寝ころんでめぐみと手を繋ぐ。心から溢れるままに言葉を交わし見つめ合う。聞こえないはずのめぐみが、時々声をあげてあすかの話に相槌を打った。

めぐみといる時間は心が穏やかになった。あすかの怒りや悲しみを、めぐみが吸い取ってくれるかのようだった。めぐみの深い優しさは、あすかの救いとなっていた。

中休みが終わろうとしていた。廊下を急ぐあすかを、めぐみの母親が呼び止めた。胸につけたネームカードに「杉本薫」と書いてあった。

「あすかちゃんでしょ。めぐみがね、最近とても楽しそうなのよ。その理由を真田先生が教えてくださったの。あすかちゃんという、いいお友だちができたからですよって。」

一目で母娘とわかるほど、薫の面差しはめぐみによく似ていた。優しい人柄が笑顔に溢れていた。

「あすかちゃんに会って、お礼をいいたいなあって思っていたの。めぐみのお友だちになってくれて本当にありがとう。」

薫に見つめられてあすかは頬を染めた。肩まで届くめぐみの髪はいつもきれいに手入れされていて、きれいな髪飾りがついていた。素敵なお母さんなんだな、とあすかはいつも羨ましく思っていた。

「いいえ、お礼なんて……。わたし、めぐみさんと会える中休みがすごく楽しみです。」

顔の前で手を泳がせてあすかはいった。

「今週の日曜日、何か予定ある？」

遠慮がちに薫が訊く。

「いいえ、特にありませんけど。」

「森林公園にピクニックに行こうと思っているの。一緒にどうかな。」

「行きます。わたし、ピクニックなんて行くの初めてです。メグはバギーに乗っていくんですよね。わたしが押してもいいですか。」

嬉しそうなあすかを見て、薫は顔をほころばせた。

「よかったあ。おいしいお弁当作るわね。あすかちゃんありがとう。めぐみのいい思い出になるわ。」

あすかの手を強く握って薫は涙ぐんでいる。

始業のチャイムが鳴った。

「大変、急がないと。」

あすかは、廊下を滑るように走って教室へ戻る。息を弾ませながら席につくあすかに、順子の冷たい視線が当たる。

窓の外は穏やかな春の日だまり。教室には、まだ冷たい冬の嵐が吹きすさんでいた。

十二歳のアルバム

激しい雨が降っていた。

閉め切った窓ガラスに、雨の滴が滝のように砕け散っていた。

あと十分で授業参観が始まる。教室の後ろの父母席はすでにいっぱいだった。土曜日だからだろう、父親がかなり多かった。

「どうしよう。胸が破裂しそう。」

うすい眉を寄せて晶がささやく。

「大丈夫。自分を信じて。ついでに友だちも信じてよ。」

あすかは胸の前でVサインをしてにっこり笑った。あすかの胸も破裂しそうなほどに高鳴っている。茂と目が合った。かすかにうなずいて微笑みを交わす。

司会は晶と祥司。緊張して直前までトイレにかけこんでいた祥司とは思えない、落ち着いた司会ぶりだった。

オープニングでいじめを苦に自殺した中学生の遺書を、茂が朗読した。大輔の母親が、その中学生の母親の手記を朗読した。息子の悲しい死を嘆き、支えになれなかった親の無念さを切々と訴えた内容だった。大輔の母親は保護者会の会長をしていた。

昨日の午後――。

「明日のオープニングで、これを読んでいただきたいんです。」

大輔の母親は、あすかから手記のコピーを渡された。保護者会で子どもたちが企画した授業参観を応援することになって、会長の大輔の母親がオープニングに参加することになった。渡された手記を読みながら、大輔の母親は顔色を変えた。

「大輔は少し元気がよすぎるだけなのに。いじめだなんて大袈裟に騒ぎすぎよ。」

ずっとそういってきた。順子に対するいじめを大きな問題とする晶の母親たちの動きを、苦々しくも思っていた。困ったことになったと正直思った。

けれど練習の意味もあって、何度も読むうちに考えが変わってきた。いじめられる側の辛さがわかるようになった。大輔の粗暴さを見過ごしてきた自分の過ちが、だんだん見えてきた。

朝、登校する大輔の背中に母親は声をかけた。

「今日、お母さんね、みんなの前で手紙を読むの。お母さん、心を込めて読むから大輔、聞いててね。」

いつもはブスッとして返事もしない大輔が、「わかった」といってうなずいた。

大輔の母親は、大輔に語りかけるように心を込めて読んだ。

手記を書いた母親の心が、そのまま聞いている人たちの心に届いていく。

大輔は組んだ腕の中に顔を隠して机につっぷしている。肩が震えていた。

スクールカウンセラーの矢崎と養護の伊藤が、豊富な相談体験からいくつかのいじめのケースを話す。

「見て見ぬふりをする人たちが、いじめをエスカレートさせていくのです。『やめよう』といえない弱さがたくさん集まって、どんどんいじめが膨らんでいきます。」

「いじめは他の誰かの問題ではない。自分の問題なんだ。自分がどうかかわっているかが問題なんだ。相手の存在を大事にすることは、自分の存在を大事にすることでもあるんだよ。そのことをぜひ君たちにわかってほしい。」

伊藤と矢崎の言葉は苦い薬のようだった。突き刺さるような痛みで心に入り、じわじわと効いてくる。誰もが思いあたることだった。

「いじめ」という問題が遠くに住む中学生の問題ではなく、青葉小学校六年二組の自分の問題なのだということにようやく、みんなが気づき始めた。

「いいかな。」

順子の父親が手をあげた。

「授業参観なんだから、みんなの話をわたしら大人は黙って聞いているのが筋ってもんだろうけど、一言いわしてもらいたいんだが。」

「はい、どうぞ。大人の方も意見があったら発言してください。」

祥司が受けた。「ありがとう」といって順子の父親は立ちあがった。小柄でどことなく順子に顔立ちが似ていた。

「一度、みんなと話したいと思っていたから、今日は本当にいい機会をこさえてもらったよ、ありがとう。」

順子の父親は、晶と祥司に軽く頭をさげると、順子の方をちらりと見た。順子は赤い顔をしてうつむいた。

「わたしは、建築業をしていてね。仕事中に屋根から落っこっちまって、二年ほど病院通いをしていたんだ。手のかかる子どもと寝たっきりのばあさんはいるしで、うちの母さんは大変だった。それこそ髪振り乱して頑張ってくれた。家の掃除も行き届かねえし、余分な金もねえしで、みんなが遊びに来てくれた時はもてなしもできなくて、ほんと悪かったと思ってるよ。いや皮肉なんかじゃなくさ。」

順子の父親がそういうと、大輔とその仲間が首をうなだれた。

「順子の身なりにも気が回らなくてね。順子が辛い目にあったのは自分のせいだ、順子に申し訳ないって、うちの母さんは泣いてばかりなんだ。だけどさ、わかってもらいてえんだよ。人生ってのは照る日、曇る日がある。いつもいつも晴れた日ばっかりとは限らないということをさ。土砂降りの雨だって降る時はあるんだよ。そん時はさ、濡れているのを指さして笑うんじゃなくてさ、傘をさしかけてやる度量っていうか、優しさもさ、ほしいってことをな。人間なんだからさ、大事なことなんじゃねえかなと思うんだな。」

保護者席の父親たちの頭が一斉にうんうんとうなずく。

「わたしはね、最初、順子がひどいいじめにあったって聞いてね、とんでもねえ学校だと、校長先生や黒沢先生に食ってかかっていたんだ。けどさこのクラスにはさ、順子が死ぬなんてとんでもねえバカな了見起こした時に、ずっといっしょにいて傘をさしかけてくれてた優しい子が、二人もいるって聞いてね。そんな子が通っている学校なら、まちがいなかろうって思ったんだ。」

順子の父親は、あすかの方を向いて頭を下げた。微笑んであすかは首をすくめた。少し照れくさかった。

「そういう友だちに囲まれていたら、順子もそのうち傘さしてやれるまっとうな人間に育ってくれるだろうって思うとね、うれしくてね。考えてみると、仕事にかまけて順子をしっかりと見てやることがなかった。自分の命が自分だけのもんじゃないっていう、当たり前のことも教えてなかった。これは親として深く反省したよ。」

順子の父親は大きく肩で息をする。

「今は、本当に死なないでくれてよかったと。母さんといっしょに順子の寝顔を見ては、それぱっかり……。傘をありがとうよ。本当に感謝してもしきれねえくらい感謝してます。」

最後は言葉にならなかった。目にハンカチを当てたまま、順子の父親は深く深く頭を下げた。

保護者席から拍手が起こった。目を赤くして立ち上がって拍手している父親もいる。はなをすする音としゃくりあげて泣く声が、その後に続いた。

真知子の手が挙がった。真知子の目も赤かった。

「わたし、金沢さんにひどいことをいいました。バイキンといって金沢さんのことをバカにしたり、お友だちに悪口をいったりしました。金沢さんをクラスから追放しようと最初にいったのもわたしです。遅刻してきた時も、大きな声で『帰れ』とさけびました。あの時はたいして悪いことだとも思わなかったから。でも今考えると本当にはずかしいです。金沢さん、ごめんなさい。本当にごめんなさい。」

いつもつんと取り澄ました真知子が、顔をくしゃくしゃにして泣いている。

「俺です、悪いのは。ちゃんと謝っていなかったから、この場で謝ります。金沢さん、許してください。殴ったり蹴ったりしました。すごくバカにしました。金沢さんの気持ちをまるで考えていなかったです。いじめている時は興奮しているから楽しいと思ったけど、一人になるとなんかやりきれなかった。そんでまたいじめました。自分で自分を殴りたい気持ちです。」

大輔は低い声でぼそぼそというと、順子の方へ首を突き出すようにして頭を下げる。大輔の母親も立ち上がって一緒に頭を下げた。

順子は真知子も大輔も見ようとしない。赤い顔をしてずっと下を向いたままだ。

「いじめに関わらないようにするのが、自分を守ることだと思っていました。でも結局はみんなを傷つけて、自分もめちゃめちゃ傷つきました。クラスにいじめが起きてから、ずっと重くて嫌な気持ちだったのがなんでだかよくわかりました。自分の心に蓋をしていたからです。もっと早くみんなと話し合えばよかったと思います。今みんなの気持ちがよくわかって、なんだか自分がやっと生き返ったような気持ちです。」

次々と手が挙がり、クラスのみんなは自分の思いを話し始めた。

順子が立ち上がった。うなだれてしばらく言葉が出ない。

「ごめんなさい、父さん。わたし本当にバカだった。死ぬほど辛い思いしたのに、今度はその気持ちを野村さんに……。」

順子ののどから、ひーっと引きつった音が出た。振り絞るような声で順子は叫ぶ。

「野村さんの机に『死ね』とか『ぶっ殺す』とか書いた紙を貼ったり、仲間はずれにしたり、あることないこといいふらしたり……。」

順子の小柄な体が、ウッウッという呻きと共に大きく揺れる。

「父さんのいうように傘をさしかける人にはなれなかった。優しくしてくれた藤原さんにまで、わたしいじわるしようとしてた。今日みたいに父さんが話してくれたら、もっと早くわたしも気がつけたのに。ごめんなさい。」

ワーッと声をあげて順子は泣きだした。真知子が順子のそばへ行き、

「もういいよ、もういいから。」

そう声をかけた。みんなの思いが一つになった。真知子も順子も大輔も、晴れ晴れとした顔をしていた。素敵な十二歳のアルバムができた。心からの感動であすかは胸がいっぱいになった。


たった二時間の出来事だった。

その間に、窓の外には澄み切った青い空が広がった。あすかの心をそのまま映したような空の青さだった。

――じいちゃん、ありがとう。

――じいちゃんがあすかの心にいっぱい栄養を入れてくれたから、あすかはなんとかやっ

ていけそうだよ。

サクラの枝いっぱいの緑の葉が、ひらひらと風に翻って銀色に光る。あすかがそれと気付かないうちに、風はもう初夏を追いかけていた。

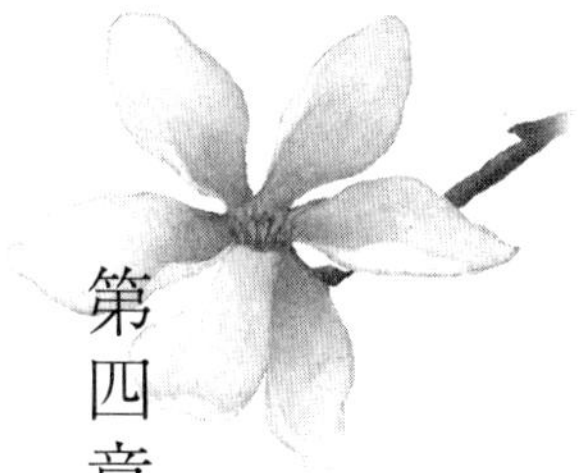

第四章

バトル

玄関を開けた瞬間、裕治の怒鳴り声が聞こえてきた。

瞬間的にあすかは首をすくめた。

「絶対、許さないわよ!」

ほとんど悲鳴に近い静代の声が続いた。

――何事だろう、こんないいお天気の日曜日に。

あすかはリビングへと急いだ。杉本家のピクニックに招待されて、帰ってきたばかりだった。幸せで温かな気持ちはいっぺんで消し飛んでしまった。

リビングをのぞくと裕治と静代、直人が深刻な顔で相対している。直人と目が合った。

「なんのためにここまで苦労してきたの。考え直してよ直人。」

懇願する静代を無視して、直人はあすかに笑顔を向けた。そばに座るように手招きして直人がいった。

「僕さ、学院、辞めることにしたんだ。」

へえっ。あすかは目玉をくるりと回して驚いてみせる。バシンと大きな音を出して、裕治は新聞を叩きつけた。直人にではなくテーブルに。

「とにかく許さないからな。おまえの学費にどれだけ投資してきてると思うんだ。辞めるなら元をとってから辞めろ。」

裕治がいった。

「投資にはリスクがつきものでしょ。諦めてよ。」

直人も負けてはいない。裕治の目が険しくなった。

「みっともないだろ退学なんて。僕の顔に泥を塗る気か。」

裕治の本心が透けてみえた。直人はついと横を向く。

「だいたいきみがしっかり子育てしてないから、こんなことになるんだよ。あすかのことだってそうだ。母親だろ、何やってんだよ。」

怒りの矛先は静代に向かっていく。

「すみません。」

静代は頭を下げた。

「仕事なんか辞めろ。明日から家にいて、きっちりと子どもたちを見張ってろ。まったくおふくろになんていえばいいんだよ、冗談じゃないよ。」

うつむいて静代は唇を噛む。眼鏡を取ったりつけたり。クッションを抱き抱えたり置いたり。裕治はいらだちを持て余して落ち着きがない。

「子どもが二人とも不登校だなんてさ、会社へ知れたらどうすんだよ。恥ずかしくて顔を上げて外歩けないだろ。きみの責任だからな。まったく。」

「パパ。それは間違っています。」

憤然としてあすかがいった。

「不登校は恥ずかしいことじゃないよ。違う学び方を選択したり、疲れて少しお休みしたりしているだけだよ。そういういい方よくないと思う。」

あまりにも毅然としたあすかの態度に、裕治は返す言葉がなかった。

「そうだよ。僕もあすかも、パパが恥ずかしくなるような生き方はしていないよ。堂々と顔を上げて歩いてください。」

まっすぐに裕治を見て直人はいった。そうだそうだとあすかはうなずく。裕治は不機嫌そうに眉間のしわを指でつまんでいる。

「僕はこれまでずっと、パパとママの期待に応えてきたと思うんだ。」

「そうよ。ずっといい子だったわ。なのにどうして。」

直人の気持ちがわからなかった。一緒に戦って入学資格を勝ち取ってきたのに、どうして捨てるなどといえるのだろう。

「そろそろ解放してほしいんだよ、ママのいい子から。」

直人はいい、静代の期待を断ち切った。

「エスカレーターから降りて、歩きたくなったんだ。歩かなければ見えないものや気づかないものを探してみたいんだ。」

「そんなこと学院を辞めなくてもできるでしょ。」

未練がましく静代はいった。即座に直人は頭をふって否定する。

「自分の時間を大切にしたいんだよ。鞭で追われて、餌ばこに突入するような学び方は性に合わないんだ。一つ一つ納得のいくまで学んでみたい。そのための時間が欲しいんだ。」

パチパチ。あすかは直人に拍手を送った。とても素敵な考えだと心から思った。

直人は嬉しそうにあすかの頭を撫でた。

「そんなのは夢だよ。現実の世の中に対応していかないと勝ち残れないぞ。」

テーブルに置いたままの冷えきった紅茶を、裕治は一口すすった。

「夢を追いかけてはいけないのかな。パパ、僕はまだ十五歳だよ。夢を見たいよ。」

直人は苦笑交じりにいった。思いはずっと平行線だ。接点はどこにあるのだろう。このまま永久に理解はしてもらえないのかもしれない。

「僕は夢なんて見なかったよ。余計なことを考える余裕などなかったな。それくらい必死に勉強していたぞ。」

「それで今、幸せですか。余裕がないほど勉強して何を摑めたのかな。生きている喜びは感じているの。」

忌々しそうに裕治は舌打ちをした。横を向いて直人の質問を無視した。

「僕が父親になった時、子どもに楽しい思い出を話してあげたい。子どもに語れる思い出もないような生き方は、僕はしたくないんだ。」

「なるほど。お兄ちゃん、今日はものすごく冴えてるね。」

尊敬しちゃう。あすかはにっこりと笑った。裕治と静代があすかを睨んだ。あすかはカメのようについと首をすくめる。

「とにかく明日、退学届を出します。その後で二期制の総合高校の編入試験を受けます。そこ単位制なんだ。今までずっと人まかせで生きてきた僕にとって、いい勉強になると思う。願書はもうもらってきました。以上で報告終わります。」

いい終えると直人は立ちあがった。あすかも続く。

裕治はブツブツと小声でつぶやいている。父親の威厳が形無しだった。静代は魂が抜けたようにぼんやりと座っていた。

直人の生きる道

「藤原さん、なんかドンヨリしてますねえ。仕事、やりにくいんですけど。」

出社してすぐに、なつきにいわれた。静代は、観察眼のするどさに舌を巻く。退社後のミーティングを約束して、なつきは仕事に出て行った。

仕事を終えて指定された店に静代が行くと、

「ここだよう。」

なつきはにぎやかな声をあげた。分厚いケヤキのテーブルには、空になりかけた生ビールの大ジョッキがあった。

「ずいぶん早かったんですね。」

「藤原さんみたく、たらたら仕事してないですからねえ。」

確かになつきの仕事ぶりは的確で迅速だ。静代には返す言葉がない。

「で、ドンヨリの原因はなあに？」

訊かれるままに静代は昨日の顚末を話した。なつきには心の鎧が通用しない。鎧を貫通して静代の心を射抜いてくる。

「わたし、仕事を辞めなきゃいけなくなりました。」

静代は『辞表』と書かれた封書をテーブルの上に置いた。「うひゃ」なつきは変な声を出す。しまえ、しまえといわれ、静代はバッグに入れ直した。

「藤原さんて変。裕治も変。よくまあ、直人くんとあすかちゃんが、まともに育ちましたねえ。めっちゃ不思議です。」

なつきは大きく眉を上げた。きれいに描いた茶色の眉が半月になった。

「で、藤原さんは、本当に辞めるつもりでしょうか。」

「主人に叱られますので。」

静代がいうとなつきは大仰に顔をしかめた。生ビールのお代わりがきて、静代となつきは軽くグラスを合わせる。

「賢い王子様と王女様に、乾杯。」

なつきはいった。つまみはオクラとウドのフライ。

「愚かな王様と下女に乾杯。」

再びグラスを合わせる。静代が眉をひそめた。

「下女って、わたしのことですか。」

「分かりましたかあ。藤原さん、だんだん鋭くなってきていますね。」

ケラケラとなつきは笑った。

「辞めたいんなら、どうぞ。わたし引き止めませんから。」

笑いながらなつきはいった。

「辞めたいわけじゃないんです。でも仕方がないんです。」

静代の口のまわりには、生ビールの白い泡がついている。

「藤原さん、何甘えてるんですか。そういうの、わたし大嫌いです。辞めたいなら辞める。辞めたくないなら続ける。それっきゃないんです。大人でしょう。自分の道は自分で選択するんですよ。王子様が王子様の道を選んだように。」

ウドのフライを口に入れながら、なつきは手厳しく静代を非難した。傍から見れば、上司と部下の立場が逆転して見えるだろう。ボーイッシュで童顔のなつきは、まだ二十代にしか見えない。なつきにいわせれば、静代は五十代半ばがいいとこらしい。

「藤原さん、いいわけが多すぎますよね。それって自分をどんどん落とし込むっていうか、損ねる気がしませんか。良くないですよ。自分のことぐらい、自分で責任持ちましょうよ。」

三杯めのグラスに口をつけてなつきはさらりという。静代はまじまじとなつきを見た。静代は自分が惨めになった。年齢を重ねていても、人としての内側はなつきにはかなわない。心の深さや広さ。人としての幅。何をとっても劣るような気がしてきた。

「わたし、辞めないことにします。なんとか仕事を続けられるように頑張ります。」

静代はいってバッグの中から辞表を取りだし、目の前でビリビリと破いた。おもしろそうになつきは眉を上げ、目を見張った。

「下女にも魂があったんだねえ。よっし女官に格上げしましょう。」

なつきはのけぞってまたケラケラと笑った。破いた封書を手にして、静代は自分の行動に驚いていた。爽快感が湧き上がってきた。

「では改めて、王様と女官に乾杯。」

五杯目のグラスを合わせた。酔いの回った赤い目を、なつきは静代にしっかりと当てていった。

「くれぐれも王子様の行く道を、邪魔などされませんように。」

なかなかグラスを置こうとしないなつきに、まだあるの？と、静代の目が訊く。なつきは小さくうなずいて、

「あすかちゃんをよろしく。」

といった。元気良く明るい声で。

学院に退学届を出すと、直人はその足で宇都宮に向かった。険しい道を選んだ自分の決断に、祖父のエールが欲しかった。

直人と祖父は縁側に並んで座った。木もれ日がきらきらと光っている。

直人は思いのすべてを祖父に話した。裕治と静代にはいえなかったことが、直人の心の中にたくさん残っていた。

競争に疲れて心を病んだ友人。横暴な教師を批判した正義派の友人。スランプに陥って成績の伸びない友人……。そうした友人たちが、次々と退学に追いこまれていく。

「昨日まで同じ教室にいた友だちが、いつのまにかいなくなるんだ。先生も僕らも、とても自然にその友だちを忘れてしまう。まるで最初から存在していなかったみたいに、話題にすら上らないんだ。」

寂しそうな直人の横顔を、祖父はじっと見つめている。

「僕ら機械の部品みたいなんだよね。規格に合わない生徒は、どんどん切り捨てられていくんだ。情け容赦なく……。」

輪の中にいるとだんだん感覚が麻痺していき、人を人とも思わなくなっていきそうだった。早く逃げないと心が機械化していき、人間の心を失ってしまうという恐怖にかられたのだと、直人は打ち明けた。祖父は直人の胸の内を思い涙をこぼした。

「成績は悪い方じゃないよ。でもちょっとでも気を抜くとどーんと落っこちる。いつも何かに追われているようで、気の休まる時がなかった。」

直人は、ふうっと大きなため息をついた。

「親友だと思っていたヤツが心を病んで、自分の部屋から一歩も出られなくなったんだ。ショックだった。そんなに辛かったのに、僕には何もいってくれなかった。信頼されてなかったんだなと思うと、たまんなく寂しかった。」

うつむいていた顔を上げて、直人は祖父を見た。

「このまま流されていたら、僕の心も壊れてしまうんじゃないかって、かなりマジで思ってた。そんな時だったな、あすかにいわれたの。」

日のふりそそぐ空を、直人はまぶしそうに見上げる。

「人間は日々変わっていく。変わっていくために学ぶんだっていう意味のことを、当然のように、あいついったんだ。その時、僕は歩く道を変えようと思った。」

花びらの中のあすかの笑顔を、直人は思い出す。

「あすかが、そんなことをいうようになったか。」

祖父はことさらに目を細めて、嬉しそうにいった。

「しかし直人はえらいなあ。よくそこまで一人で考えたもんだなあ。」

祖父は感心して何度も首を振ってうなずいた。直人の顔に笑みが広がる。

「若いということはいいもんだ。直人、自分の好きな道を行け。転んだらじいちゃんとこへ休みにくればいい。夢を探してみろ。じいちゃんは楽しみに見てるぞ。直人の探す夢か。ハハハ。これはいいなあ。」

祖父は直人の肩を叩いて笑った。直人の心は翼が生えたように軽くなる。大空へ飛び立つ勇気が湧いてきた。


「電話ですよ、敦子さんから。」

祖母にいわれ祖父は立ち上がる。

「直人に後で頼みたいことがあるんだ。」

祖父は直人の肩をポンポンと叩いて、走るように居間へ行った。

「敦子さんてね、橋本先生のことなの。あすかの五年の時の先生なのよ。」

祖母が内緒話を打ち明けるように、両手を口元に当てて直人にいった。

「なんで、橋本先生とじいちゃんが?」

「わたしが話したってこと、じいちゃんには黙っててね。」

祖母はフッと笑うと、あすかがよくするようについと首をすくめた。

「敦子さんはあすかのことを心配して、たびたび手紙や電話をくださったの。それですっかりわたしたちと仲よしになったの。」

祖母は穏やかに微笑む。人と人との関わりは温かく強いものだと、直人は感動しつつ思った。

「敦子さんね、三月に赤ちゃんが生まれたの。それで今は学校をお休みしてるのよ。今度だんなさんがレストランを開店することになって、その準備もあって大変らしいわ。横浜のなんていったかしら。ええと、そう、元町。」

いつのまにか祖父が後ろに立って聞いていた。祖母は話に夢中で気付かない。

「その先はわたしにいわせてくれよ。」

ふいに祖父がいうと、祖母はあわてて両手を口に当てた。

「そのレストランで、あすかの誕生パーティーをしようと思ってね。」

腰を下ろしながら祖父がいった。

「ええっ。じゃあ、じいちゃんとばあちゃんも横浜に来るの？　あすかへの最高のプレゼントだよそれって。」

「敦子さんに相談にのってもらっているんだ。パーティーなんて、わたしらにはさっぱりわからないからね。直人も手伝ってくれるか？　あすかには内緒だよ。」

祖父は眉を上下させて笑った。なんて楽しい計画だろう。直人はわくわくした。

「のった。俺、なんでもやるよ。」

「これが招待客のリストだよ。」

祖父は名前の書いてある紙を直人に見せた。直人の聞き覚えのある、あすかの友だちの名前が何人かあった。

「なんでじいちゃん、あすかの友だちの名前まで知っているの？」

「あすかが三日と空けずに手紙をくれるんだよ。そりゃあわかるさ。」

「親子の絆より強い、じじ孫の絆だねえ。」

祖父も祖母も声をあげて笑った。直人も笑った。家族でこんなふうに笑い合えるなんて、直人には経験のないことだった。

あすかがどんなに喜ぶだろう。そう思うだけで、直人は幸せな気分になれた。

急に空が曇った。雷の鋭い光が空を走る。パラパラと音を立てて大粒の雨が降ってきた。祖母があわてて洗濯物を取り込むのを、祖父と直人が手伝う。

そのまま雨は降り続いた。

直人が横浜へ着いた頃には、激しい降りになっていた。

別れ

――気温は三月下旬並みだそうです。

――五月だというのに寒い一日でしたよねえ。

ニュースキャスターが、愛想のいい笑みを浮かべていっている。

「ほんと、寒かったよな」テレビに向かって直人はあいづちを打った。Tシャツの上にフリースを重ねて着て、一人リビングでテレビを見ていた。あすかはもう眠っている。静代は部屋にこもって、仕事をしていた。裕治は残業なのか、まだ帰って来ていない。

――栃木地方の山間部では、雹《ひょう》の降ったところもあったそうですよ。

画面はニュース映像に切り替わり、宇都宮の祖父の住む辺りが映っていた。

「あれ、じいちゃん家の近くだ。」

季節外れの雹の襲来に、農作物が大きな被害を受けたとキャスターは続けた。直人は祖父の畑を思い浮かべる。祖父と祖母の丹精込めた作物は無事だろうか。直人は首を回して壁時計を見上げた。十一時を少し過ぎていた。

「二人とも、もう寝てるか。」

様子を知りたいと思ったが電話をかけるには遅い時間だった。テレビの電源を切り、諦めて部屋に戻ろうとすると電話が鳴った。直人は受話器を取る。

「もしもし。」

「直人か、元気でやってるか。」

宇都宮の祖父からだった。

「うん、元気。じいちゃんはもう寝てるかと思ったよ。さっきニュースで雹が降ったって。」

「ああ。驚いて腰を抜かすところだった。それよりどうだ、誕生会の準備はうまくいってるか。」

「うん順調。楽しみにしててね、いい誕生会にするからさ。」

「そりゃあよかった。直人、頼むぞ。何があっても、あすかの誕生会はしてやってくれよ。」

「大丈夫、まかしといて。」

リビングのドアがそっと開いて、静代が入ってきた。楽しそうに話す直人の後ろ姿を、不快感を露わにしてじっと見つめている。

「じいちゃん、どうかした？」

会話の合間に、祖父の苦しそうな息づかいが聞こえてきた。

「いや、こんな時間に悪いと思ったんだが、急にあすかの声が聞きたくなってなあ。」

祖父の声はかすれ重く沈んでいる。直人は胸騒ぎを覚えた。

「わかった。あすかを呼んでくる。じいちゃん、ちょっと待ってて。」

急いであすかを呼びにいこうとする直人の前に、静代が立ちふさがった。

「電話、おじいちゃまなのね。」

静代は直人の返事を待たずに、すたすたと電話のそばにいった。保留中の受話器を取ると冷たい声でいった。

「お父さん、明日は学校ですものあすかは寝ていますよ。こんな時間に非常識でしょ。わたしの子どもたちに関わらないでくださいな。おやすみなさい。」

乱暴に受話器を置く。直人が止める間もなかった。猛然と直人は静代にくってかかった。

「何やってるんだよ！　あすかへの電話だろ。なんで勝手に切るんだよ。」

「あすかは寝てるわ。時計をみなさい。子どもが電話に出る時間じゃないでしょ。」

直人に負けじと静代も大きな声をあげた。

「相手はじいちゃんじゃないか。じいちゃんがあすかを呼んでるんだ。何か大事な用があるのかもしれないだろ。」

もう一度電話をかけようとした直人の手を、静代が摑んだ。

「直人くん、やめなさい。あすかに大事な用などあるはずないでしょ。」

構わずに直人はプッシュボタンを押す。

「止めなさい！」

静代の手が直人の頬を打った。

「信じらんねえ、よくやるよ。」

直人は頬を抑え、静代をにらんだ。

「隠してもわかってるんだからね。あなた、宇都宮に行ったでしょ。学院を辞めろっておじいちゃまが焚き付けたのね。」

「何いってるんだよ。」

「あすかだってそうよ。生意気な子になって帰ってきたわ。以前は親に口答えなどする子じゃなかったのに。」

「ふざけんな。いわせなかったんじゃないか。」

「二人とも、わたしのいうとおりにしてればいいのよ。勝手なことをしないで。二人の親はわたしとパパなのよ。誰に育てられたと思ってるのよ。」

静代の声はだんだん高く大きくなっていく。直人は呆気にとられていた。

「どうしておじいちゃまのところへ行ったのよ。大事な時にどうしてわたしのところからいなくなるの。二人とも宇都宮に行って変になって帰ってくるわ。わたしのことを冷たい目で見るようになった。」

「そんなこと……。」

静代は首をふり、直人が口を挟む隙を与えなかった。

「おじいちゃまに何をふきこまれたのよ。おばあちゃまが、わたしのどんな悪口をいったのよ。いってごらん直人！」

ばかばかしくてやってらんねえ。直人はソファにどっかと座り込んだ。

「ほんと、信じらんねえ。めっちゃくっちゃ。」

指を髪に差し入れ直人は天井を仰ぐ。ふうっと大きなため息をついた。

「僕とあすかが絶体絶命のぎりぎりの時に、知らんぷりをしていたのは誰ですかね。じいちゃんとばあちゃんが、手を差し延べてくれなかったら、僕らどうなっていたかわかんないのに。ほんと、なんにもわかってないんだよなあ。」

つくづく悲しいという顔で直人は静代を見つめた。

「僕らはリモコンで動く人形じゃないんだ。あんたとは違う考えを持ってて、あんたとは違う夢を持っている一人の人間なんだよ。なんでそんな基本がわからないのかなあ。」

わかりあえない寂しさに、直人は何度もため息をこぼす。静代は「あんた」と呼ばれたことが癇にさわった。怒りに燃えた目で直人をにらんでいる。

「じいちゃんもばあちゃんも悪口なんかいわないよ。いつだって心配してるよ。頑張りやだから無理をしてるんじゃないか、気を付けてやってくれって。」

「嘘よそんなこと。あの二人はわたしを嫌ってるもの。復讐しようとしているんだわ。わたしからあなたたちを取り上げようとしているのよ！」

わなわなとくちびるを震わせて静代は叫んだ。

「復讐って？　どういうことだよ。」

静代の漏らした言葉に直人は衝撃を受けた。祖父母と静代との間に、いったい何があったというのだろう。

「お兄ちゃん。」

あすかが目を擦りながら起きてきた。

「じいちゃんは？　じいちゃんはどこ？」

きょろきょろと部屋を見回してあすかがいった。

「どこって、宇都宮だろ。何寝ぼけているんだよ。」

「だってじいちゃんの声がしたよ、あすかを呼んでたんだもの。」

「電話が来た。あすかの声が聞きたいって。」

あすかは電話のそばへ行った。

「ママが切ったんだ。それで揉めてる最中。」

そういってから直人はハッとした。あすかは大きく目を見開いて直人を見つめている。受話器を持ったあすかの手が、ぶるぶると震え出した。

「貸して。」

あすかから受話器を取ると、直人は宇都宮の祖父に電話をかけた。長くコール音が鳴り続ける。祖父の携帯電話も留守電になっていた。

「おかしいな、なんかあったのかな。」

直人はあすかに不安な目を向けた。突然電話が鳴った。あすかの目に怯えが走る。直人が受話器を取った。

「もしもし、藤原ですが。」

「直人、じいちゃんが……、もうダメなんだって……。」

祖母の声だった。直人は息が止まりそうになった。

「それで?」

「朝方までだろうからって、病院の先生が……。会わせたい人を至急呼ぶようにって……。」

すすり泣きながら祖母は切れ切れにいう。

「静代にすぐ来るようにいってちょうだい。ばあちゃん、もう急なことで何がなんだかわからないの。助けてって、静代に……。」

直人が静代に受話器を渡そうとするが、静代は首を振って動こうとしなかった。

「わかった伝えるよ。ばあちゃん、しっかりして。これからみんなですぐに行くからね。じいちゃんに待っててもらって……。あすかを連れていくから……。」

あふれてくる涙を直人はフリースの袖でぬぐった。静代は蒼白になり両手で顔を覆った。あすかは崩れるようにその場にぺたりと座りこんでしまった。

「ママのバカーッ。どうしてじいちゃんの電話を切ったのよう！」

腹の底から絞り出すような声であすかは叫んだ。手足をばたばたとさせている。

「あすか、じいちゃんのところへ行くぞ。しっかりしろ。」

直人はいい、呆然としている静代に代わり裕治の携帯電話に連絡をした。一時間後には、裕治の車で宇都宮に出発する手はずを整えた。

車の中であすかは祈ることも忘れ、ぼんやりと外の闇を見ていた。

夜が白々と明けていく。

あすかたちの到着を待っていたかのように、祖父は静かに息をひきとった。

「つい今しがただったわ。急に目を開けて『あすかがきたな』そういって笑って……。」

祖母は涙に濡れたまぶたをしばたたいた。

「じいちゃん、あすかだよ。目を開けて。起きてよ。ねえ、じいちゃん。」

あすかは祖父の耳元で囁き、手を握った。祖父が強い力で握り返してくれることを期待して。

「ねえ、じいちゃんたら。」

揺すっても叩いても、祖父は目を開けてはくれなかった。あすかは途方に暮れ、祖父の腕にしがみついていた。

——じいちゃんお願い。あすかを一人にしないで……。

不安と孤独があすかの心を襲う。祖父の温もりを失って、これから生きていけるのだろうか。

あすかは心の寒さにぶるぶると震えていた。

ミズキの花

雷が空を走り、激しい雨が降り出した。

あすかは養護学校の廊下にたたずんでミズキの花を見ていた。中庭の片隅に咲く白いミズキの花。雨に激しく打たれながらも、凜とした美しさが際立っていた。あすかはすっかり心を奪われていた。

——まるでメグみたいだね。

ミズキの健気さに重ねてあすかはめぐみを思った。病に打たれ、めぐみの細く小さな体は日々衰弱していく。それでもめぐみは登校しあすかの姿を感じると、微かに微笑む気配を見せた。祖父の死で悲しみに沈むあすかを、めぐみは命をかけて支えているかのようだった。めぐみの存在は、あすかの心の拠り所となっていた。

中休みを待ちかねて、あすかはめぐみに会いに行った。

「メグ。早く元気になってよね。またピクニックに行こうよ。」

めぐみの隣に寝転んであすかは語りかけた。二つの心が通い合う様を、真田は教室の壁にもたれて見つめていた。風に揺らぐろうそくの炎に似て、めぐみの命ははかなく頼りなげだった。

即刻の入院を勧める真田に、

「あとわずかの命ならできる限り、めぐみの生き方を尊重してやりたいんです。」

と、薫がいった。

「めぐみちゃんの生き方ですか?」

思わず真田は問い返した。

「そうです。命の終わる日まで希望を持って生き続けること。それがめぐみの選んだ生き方なのだと思います。」

まっすぐに真田を見つめる薫の目には一つの迷いもなかった。

「めぐみは登校する時間になると、もう動かないはずの体を揺すって、学校に行こう、とわたしに訴えるんです。残された命を、教室で先生やお友だちと一緒に過ごしたいのだと思いますよ。」

真田は薫の言葉に衝撃を受けた。深い感動が胸の内に広がった。

「あすかちゃんにも、めぐみは伝えたいものがあるのでしょう。それを感じているからこそ、必死に頑張っているんだと思うんです。ご迷惑でなかったら登校させてください。お願いします。」

薫はいって清々しい笑みを浮かべた。苦しく辛い病との闘い。それでも、めぐみは自分の生き方を貫こうとしているという。めぐみに意思などあるのだろうかと不遜にも思ってしまったことを、真田は心から恥じた。

「わかりました。力の限りサポートします。」

力強く真田はいった。

静かな教室ににぎやかに雨の音が響く。中休みがそろそろ終わる時間だ。

「メグ。また明日ね。」

あすかはめぐみの手を取っていった。肩を落として小学校へ帰っていくあすかを見送りながら、真田は涙があふれてきた。これから訪れるであろう悲しみに、あすかは耐えられるだろうか。

――人に喜ばれるいいお仕事をしているんですね。欲張りな、いいお仕事ですね。

目を輝かせていってくれたあすかの言葉を真田は思い出していた。その言葉にどれほど勇気づけられたことか。

「よし、できるだけのことをしよう。藤原さんとめぐみちゃんの二人の力を信じてみよう。」

真田はそう心に決めた。

雨が小降りになり陽の光が差してきた。

真田は杉本薫と一緒に小学校の保健室へ行った。養護の伊藤を交えてあすかのケアを話し合おうと思った。

「担任の黒沢先生とも相談したかったのですが、その必要はないということなので。」

真田は困惑気味に眉を曇らせた。黒沢を介さなければ静代への連絡も取りにくかった。

「ま、先生方のお考えはいろいろですからね。でも大丈夫ですよ、校長先生も万全の態勢で当たろうといわれてますから。」

ことばを濁して伊藤は笑った。

「それで真田先生から見た藤原さんの様子はどうですか。」

「信頼していたおじいさんを亡くして、藤原さんは精神的にかなりまいっていますね。これ以上の心の負担は、一人では背負いきれないだろうと思いますよ。」

真田は中休み交流でのめぐみとの関わりを、できるだけ詳しく話した。めぐみの体力がほとんど限界にあるということも。

「藤原さんにとっては辛いことですねえ。」

伊藤はくちびるをかみ眉を寄せた。

「薄いガラスみたいな状態ですよ、もろくて壊れやすくて。防護膜を今のうちに付けといてやりたいんです。」

「防護膜?」

身を乗り出して、伊藤が訊く。

「はい。めぐみちゃんの状態をきちんと話して、心の準備をさせておいた方がいいと思うんです。」

真田が答えた。伊藤は合点がいったというように大きくうなずく。

「おじいさんのことはあまりにも突然だったから、なおさら受け入れにくかったんだろうねえ。

心の準備ですか、そうですか。」

伊藤はいい、真田とそうした時の対処法についての情報交換をした。あれこれとカウンセリングの本を並べてもみる。

「めぐみが生まれた時、お医者さんにいわれました。心の準備をしておくようにって。」

黙って聞いていた薫が口を開いた。

「だからわたし、ずっと心の準備をしてきました。めぐみの死が、いつ訪れてもいいようにって。」

小さくたたんだハンカチを薫は握りしめている。

「限られた命ならめぐみの今日を輝く一日にしようと、心に決めて生きてきました。いつその日が来ても、笑って別れがいえるように。後悔しないように……。」

ごくんと音をたてて薫は涙をのみ込んだ。

「十二年かけて心の準備をしてきたのに……。だめです、わたし昨日も今日も泣いてばかりいます。」

薫は唇を震わせハンカチを目に当てた。

「先生、悲しい時は泣くしかないですよ。わたし、あすかちゃんと思いっきり泣きます。二人で抱き合って悲しみに浸ります。めぐみが入院したら、あすかちゃんを病院に連れて来てくださいませんか。」

真田と伊藤は薫の顔をじっと見つめてうなずいた。毅然とした薫の美しさに圧倒されていた。

「めぐみがあすかちゃんに残していくのは、悲しみだけではないと思います。あすかちゃんの生きる希望を、めぐみはちゃんと残していってくれると、わたし信じています。二人は親友ですもの。」

涙を拭いて薫は笑った。真田と伊藤は顔を見合わせて苦笑した。薫の優しさの前には、カウンセリングの方法論や手法など意味を持たなかった。

「そうですね。わたしたちにできる最善のことは、子どもたちの力を信じて見守ることなのでしょうね。」

そういいながら、伊藤は指の先を熱くなった目がしらに当てた。


翌週の月曜日、めぐみは高熱を発した。養護学校と通りを隔てた場所にある市立病院へ緊急入院をした。あすかは真田に付き添われランドセルを背負ったまま、めぐみのもとへ走った。

集中治療室にいるめぐみを、薫はあすかと一緒にドアの外で見守った。互いの手をきつく握り合った。

「あすかちゃん、よく聞いてね。めぐみの命の火はあと少しで燃え尽きてしまうの。」

薫は努めて冷静にいった。あすかは息を飲み、全身を硬く強ばらせた。恐怖で顔をひきつらせる。祖父の死から、まだ三週間しか経っていなかった。強ばるあすかの体を、薫は後ろから優しく抱いた。

「めぐみが死んでしまったら、わたし悲しいし苦しい。すごくすごくめぐみを愛しているもの。めぐみと一緒にずっと生きていたいもの。」

あすかの額に薫の涙がこぼれ落ちた。

「悲しくてこのまま息を止めていたいくらい。」

薫はあすかの髪に顔をうずめた。あすかの鼓動が頭皮から伝わってくる。

「おばさん……。」

薫の気持ちがあすかにはよくわかった。同じ思いをあすかも抱いていた。

「あ、今めぐみに叱られたわ。」

目を閉じたままで薫がいった。あすかは頭を上げて薫を見た。

「いつもママの心にいるでしょ。ママと一緒に生きているのに、それなのにどうしてそんなに悲しむのって、めぐみが怒ってるわ。生まれてきたことを、ママ忘れないでって。そういっているわ。」

驚いてあすかは治療を受けるめぐみを見つめた。

「わかったわ、めぐみ。ママはめぐみの笑顔も涙も一つ残らず、しっかりと覚えておく。めぐみの母であったことを誇りとするようにちゃんと生きていくわ。だから安心して。」

薫は涙を流しながら、めぐみに語りかけていた。


あすかは病院に通い、めぐみのそばで過ごした。薫も夫の徹郎も、温かくあすかを支えていた。

医師たちの懸命の治療を受けて、めぐみはかぼそい息を吐きながら命の炎を燃やし続けていた。それでも願い叶わず、めぐみは十二歳の短い人生のページを閉じた。楽しい夢を見ているように、口元にほほ笑みを残して……。

「めぐみ、よくがんばったね。生まれてからずっと、パパはおまえの勇気に感動しっぱなしだったよ。おまえは最高の娘だった。本当によくがんばったね、もう安心して休んでいいよ。」

臨終を告げられ、徹郎はめぐみの小さな細い手を握って握手をした。

「あすかちゃん、おいで。めぐみが、ありがとうっていっているよ。」

徹郎は涙でぬれた顔をあすかへ向けた。

「めぐみがここまでがんばれたのも、あすかちゃんがいてくれたからだね。わたしからもお礼をいうよ。めぐみの友だちになってくれてありがとう。」

うっうっ。嚙みしめた歯の隙間から、あすかは嗚咽をもらした。震えるあすかを薫は優しく抱き寄せた。

「あすかちゃん、泣こう。悲しい時は、思いっきり泣くしかないもの。」

声をあげて薫が泣く。悲しみがあふれるままに、あすかも声をあげて泣いた。体中の水分が空っぽになるくらいに、二人は抱き合って泣いた。

――あすか、ありがとう。わたしたちの友情は永遠に続くんだよね。

不思議にはっきりとめぐみの声が聞こえた。あすかはめぐみのそばに行き、めぐみにお別れをいった。

「さよなら、メグ。じいちゃんに会ったらよろしくいっといてね。それから、メグに会わせてくれてありがとうって、神様にお礼をいってね。」

あすかの顔にようやく笑みが浮かんだ。ミズキの花のようなめぐみの凜々しさを、あすかは心にしっかりと刻んで病院を後にした。

雲の切れ間から青空がのぞいていた。

――あすか、時間は風と同じだよ。

突然、祖父の声が甦ってきた。

――時間はいつも流れていく。どんなに辛いことや悲しいこともいつかは流れていく。過ぎた時間に囚われていると、新しい時間を見失ってしまうよ……。

「じいちゃん、あすかはもう大丈夫。時間の檻から脱出したよ。」

空へ向かってあすかはつぶやく。もう一度涙をぬぐって、大きく深呼吸をした。

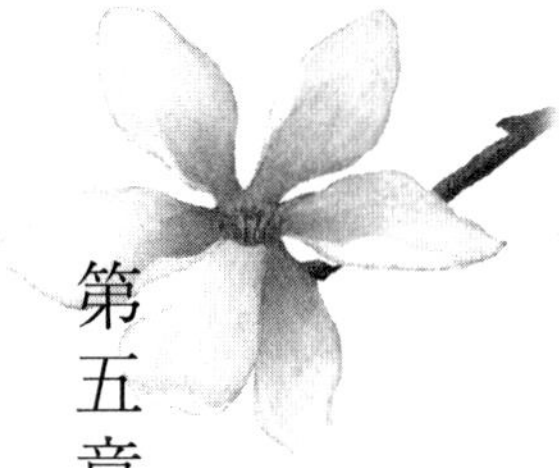

第五章

記憶

そうよ。あの時も、電話だった……。

深夜のリビングで静代はウイスキーの入ったグラスを揺らしながら、遠い昔のことを思い出していた。

静代が子どもの頃、姉の春野は先天的な心臓の病で東京の大学病院に入退院を繰り返していた。宇都宮の両親は春野を不憫と思い、あらん限りの愛情を注いだ。静代への愛情はその分薄らぐ。

手術があれば母は春野に付き添い、その度に静代は叔母に預けられた。静代は叔母が嫌いだった。厳しく冷たかった。泣けば折檻された。

宇都宮にいても、母の心は春野のことでいっぱいだった。

——春野の病気が治る方法はないかしら。

——どうしたら春野が喜んでくれるかしら。

母はいつもどこにいても、春野のことばかり考えていた。もちろん静代と二人でいる時でも。静代がテストで満点をとっても、校内マラソンで優勝しても、母の心を捉えることはできなかった。静代の努力は春野の咳一つで吹き飛んだ。寂しさを訴えると母は厳しい声でいった。

「春野姉さんは辛い治療に命がけで耐えているのよ。しっかりしなさい。東京の病院に一人でいるお姉さんはもっと寂しい思いをしているわ。それを考えたらなんでも我慢できるはずよ。我がままいったら罰が当たるわよ。」

そういわれ続けるうちに静代は感情を表に出さなくなった。あまり泣かない、笑わない子になった。

静代が小学六年の春だった。大きな手術を受けた春野に付き添っていた母が、久し振りに帰ってきた。五月の連休が明けたばかり。光と緑が溢れていた。

「春野の調子がだいぶいいの。今週は静代と一緒にいようね。」

心配していた春野の手術が順調に終わり、母は緊張をほどいた。いつになく母は優しかった。母の愛を存分に浴びて静代の心は満たされていた。

今週が終わるまで。

あと四日、あと三日と、静代は日に何度も指を折っては数えた。

あと三日を残した日の夕方だった。母はお風呂に入っていた。電話が鳴り、静代が受話器を取った。

——春野さんの容体が急変しましたので、至急来てください。

急いた声で大学病院の看護師がいった。

「はい、わかりました。少し時間がかかりますがうかがいます。」

静代は大人びた声を作っていった。受話器を乱暴に置くと静代は震える息を整えた。

わたしの時間はまだ終わっていない。まだ三日残っている。

胸の動悸がなかなか収まらなかった。

「電話が鳴ってなかった?」

母親に訊かれ、静代は明るく大きな声で答えた。

「お友だちからだった。宿題を忘れたから教えてほしいって。」

父は静代の好きな水蜜桃を買ってきてくれた。気持ちが高揚して静代ははしゃぎまくった。

「そんなに食べたら、おなかを壊すよ。」

父は笑った。

「静代はモモが大好きなのね。ほらお母さんの分もあげる。たくさん食べなさい。」

母も笑った。心配と不安が張り付いていた父と母の笑顔が嬉しかった。そして、自分の身を案じてくれるのがたまらなく嬉しかった。あの夜、静代は一生分の水蜜桃を食べ尽くした気がする。

翌朝、春野はひっそりとこの世を去った。父にも母にも看取られずに。

母は静代の嘘を叱らなかった。春野への謝罪の言葉をつぶやきながら、自分を責め一人で泣いていた。いっそ叱ってくれたらよかったのにと静代は思う。父と母が自分をどんな目で見ているか、静代は怖くてならなかった。ずっと負い目を背負って生きてきた。いつか復讐されるのではないかとさえ思っていた。

あの夜のこと全てを、静代は心の奥底にしまい込み蓋をした。一度として思い出すことはなかった。蓋が開かないように静代は細心の注意を払った。心に波を立てずキーワードを消去してきた。

「そうよ。あの時も電話だったわ……。」

静代はいい、嗚咽をもらす。

「お父さんの最後の最後に、また親不孝を重ねてしまったわ。」

取り返しのつかないことをしてしまった、と静代は深く悔いた。眠れない夜が続いていた。

——電話に出なければよかった。すぐにあすかに受話器を渡せばよかった……。

耳にあすかの泣き叫ぶ声がこびり付いている。

「お父さん、ごめんなさい。」

父の顔、あすかの顔……。そして、春野の顔。静代のまぶたに張り付いて、こすってもこすっても取れなかった。

記憶の蓋が開き、一挙に心に流れ出した。流れの勢いに、静代は今にも溺れそうになっている。

「あの時も、電話だった……。」

静代は繰り返しつぶやく。


「おーい、また靴下が出てないぞ。何やってんだよ。」

裕治の怒鳴る声が家中に響く。

「すみません。」

卑屈に身を屈めて静代はいった。裕治の身の回りの管理は妻としての責務だと、静代は思っていた。翌朝、裕治が身に付けるものを静代はきちんとたたんで置いておく。靴下は一番上にあるはずだった。静代が重ねて置いてあるものを、裕治は上から順番に身に付けていく。

「早くしろ。」

いらだつ裕治の声に静代はあわてて靴下を探す。静代の目はどんよりと濁り、目の下には黒く隈ができていた。

「ハンカチにアイロンが当たってないぞ。しわくちゃなやつ、僕に持たせる気かよ。おふくろはこんなこと絶対しないぞ。」

裕治は静代の顔に丸めたハンカチを投げつけた。静代は身をすくませて、小さな声で「すみません」といった。

「かばんの中は大丈夫だろうな。心配になってきたよ。」

裕治は今日から三週間の予定でニューヨークへ行く。出張に出かける時のかばんに必要な物を詰めるのも静代の役割だった。義母が裕治にしてきたように。

「そんなに心配なら自分でやったらいいだろ。」

食べかけたパンを皿に置いて直人が立ち上がった。裕治はむっとした顔で直人を睨んだ。

「大人だろ、自分のことぐらい自分でやれよ。少しは相手の気持ちも考えたらどうなんだよ。」

シンクに皿を置いてあすかも急ぐ。直人の隣に立って裕治を睨んだ。

「生意気なことをいうな。勝手なことばかりしているおまえたちのために、僕は嫌なことも我慢して必死で働いているんだぞ。感謝したらどうだ。」

裕治は持っていた書類かばんを、思いっきり床に叩きつけた。

「あすかも俺も勝手をしているわけじゃないよ。傷ついて、悩んで、考えて、ようやく立ち上がったんだ。」

「そうよ、パパ。」

直人の言葉にあすかは大きくうなずく。

「ママを見て。疲れ切っているだろ。じいちゃんが死んでから、ママが全然眠れないでいるの分からないの。パートナーだろ。支えてやれよ。」

直人にいわれ裕治は静代の顔を見た。やつれ果て、目は赤く充血していた。初めて静代の状態に気付く。おろおろと落ち着きをなくした。

「どうしろっていうんだ。僕は精一杯やってるだろ。勝手に落ち込んでるだけじゃないか。しっかりしろよ。」

直人は天井を仰いだ。

「どうしてそうなんだろ。自分の言い分ばかりで話にならないよ。」

大きく首を左右に振り、直人はため息をついた。負けずに裕治はことさらに大きなため息を吐く。

「もういいわ直人。ぼんやりしていたわたしが悪いの。ごめんなさい。」

静代はいい、裕治の書類かばんを拾う。

「ママはいつでもそうやって問題に背を向けているんだよね。それじゃなんにも解決しないのに。」

直人は諦めと憐れみが混ざった目を静代に向けた。

「具合が悪かったら寝てろ。」

ぶすっとした顔のまま裕治は静代にいった。旅行カバンと書類カバンを持って玄関に向かう。

「あ、そうだ。」

直人が裕治の後を追った。靴をはきかけた裕治に直人は手紙をわたした。

「これ、じいちゃんから預かっていたんだ。じいちゃんの遺言だと思って読んでよ。」

裕治は黙って手紙を受け取り、背広の内ポケットに入れた。ドアを開けて出て行く裕治に直人が声をかけた。

「行ってらっしゃい、気をつけて。」

裕治は振り返って「あとを頼むよ直人。じゃあ行ってくる」気弱な笑みを浮かべていった。

「藤原さん、幽霊みたいですねえ。そんなんで仕事になるわけないでしょう。もう、帰ってください。迷惑ですからあ。ちゃんと睡眠とってくださいよう。」

なつきにいわれ、静代は会社を早退してきた。

体は疲れていても横になれなかった。目を閉じれば記憶のフィルムが回り始める。静代は掃除をする。家中の家具を磨く。食事を作り洗濯物をたたむ。

リビングの隅で、静代はアイロンをかけていた。ため込んでいた裕治のハンカチ。ワイシャツ。静代のブラウス。かけると嫌がられる直人のジーンズ。

黙々とアイロンをかける静代に、「ママ、手伝うよ」あすかがいった。

静代は無言で手を動かしている。青白い額に筋を浮かべて。

「貸して。あすかがやるから。ママは休んでいてよ。」

そばにきたあすかの手に静代はアイロンを当てた。あすかは悲鳴をあげ、手を引っ込めた。

「そばに来るなあ！　あっちへ行け！」

鬼のような形相であすかを睨んだ。幸いアイロンの温度が低かったので、ひどい火傷にはならなかった。

「どうしてよ。なんで？」

あすかは怒りに震える。なぜ、こんなに憎まれなければならないのだろう。

「ママが嫌いなのはあすかなの？　それとも、春野おばさん？」

あすかの言葉に静代ははっとした。

「あすかと春野おばさんは似ているから一緒になっちゃったのね。ママは春野おばさんの代わりに、あすかにいじわるをしているのね。」

あすかは憎しみを綴った静代の日記を思い出した。静代の心の鎧をあすかのまっすぐな目が射通している。鋭さに静代はたじろいだ。

「ママはずるいよ。自分の問題なのに自分で解決しようとしないで、あすかにぶつけている。春野おばさんへいえなかったことをあすかにぶつけてる。あすかはママの記憶の一部分ではないわ。ママが勝手に傷つけていい存在ではないの。」

涙が溢れてきた。

「あすかは、あすかのものなの。他の誰のものでもないの！」

泣きながらあすかは叫んだ。胸の内から怒りが溢れ出してくる。理不尽に傷つけられた口惜しさが爆発した。静代のやつれてくぼんだ目から、ぼとぼとと涙がこぼれてきた。

「ママだと思うから甘えたくなるんだよね。どんなに傷ついても、愛してほしいって思うんだよね。」

大きく肩を上下させてあすかは息を整える。静代は小さく震えながらうずくまっている。

「もうママとは呼びません。今日から静代さんと名前で呼ぶことにします。わたしを自分の一部のようにはもう思わないでください。」

静かな声であすかは宣言した。手の甲のアイロンが当たった部分がひりひりと痛み出した。

赤くなっている。洗面所へ行き、痛みを感じる部分へあすかはジャージャーと勢いよく水をかけた。

ふいに祖父の声がした。

――あすか。まずは相手を信じてみることだ。相手を信じること、許すことは、自分を大事にすることでもあるんだぞ。

それがどういうことなのか、水の音を聞きながらあすかは考えた。もう一度、リビングに行く。静代は背中を丸めて泣いている。

「あすかにも結構いいところがあるよ。ママの目ではなくて、静代さんの目で見てくれるかな。娘はダメでも、いい友だちにはなれるかもしれないでしょ。」

あすかは静代を信じることにした。

――じいちゃん。これでいいよね。

あすかの心の中で祖父は笑顔でうなずいた。


日が暮れてきた。

静代はのろのろと立ち上がりリビングの電気をつけた。テーブルにあすかのハンカチがあった。イチゴの絵柄のハンカチだった。

「あすか、ずいぶん強くなったわね。」

静代はハンカチを手に取り、あすかの言葉をかみしめる。

——自分の内側を見ることのできない弱さがぷんぷん匂いましたよ。

以前なつきにいわれた言葉の意味が、ようやくすとんと胸に落ちた。

「わたしの内側だったのね、大きな棘が刺さっていたのは。」

静代は自分の胸を撫でてみる。苛立ち、焦り、憎悪の源が少しずつ見えてきていた。

「電話でもあすかでもなかったわ。問題なのはわたしの内側。わたしの弱さなのね。」

腹の底から熱いものが湧き出してきた。ほろほろと涙がこぼれ落ちてくる。あすかのハンカチを頬に当てて静代は涙を拭った。

「あすかやなつきちゃんみたいに、わたしも強くなれたらいいんだけど。」

どうしたらいいかな。静代はエプロンのポケットに手を入れた。直人がくれたカウンセリング・センターのメモを取り出した。茫然自失となった静代を心配して直人が調べてくれていた。

「カウンセリングを受けてみようかしら。」

静代は自分の内側に何があるのか知りたくなった。カウンセラーの助けを借りて心の鎧を脱ぎ捨てたいと思った。

「もう一度、あすかにママと呼ばれてみたいもの。」

しっかりと自分と向き合ってみよう、と静代は思った。

――藤原さん、あまのじゃくですねえ。あすかちゃんが「ママ」を求めている時は邪険にしたくせに、「もういい」っていった途端それだもの。信じられないほど勝手なヤツですねえ。

なつきはきっとそういって笑うだろう。それでもいいと静代は思った。あまのじゃくでも勝手なヤツでもいい。あすかの笑顔が見られるなら。

六十億に一つの奇跡

「わたし、カウンセリングを受けてみようと思うんです。」

居酒屋の喧騒のなかで静代がいった。カニの足から身を掻き出していたなつきは、驚いて顔を上げた。カニどころではなくなった。なつきはタバコをくわえる。しばらく無言で静代を見つめていた。疲れきった静代の顔に母の顔が重なった。危ない時の母の顔。なつきはくわえていたタバコを灰皿に置く。

「藤原さん。知ってますよね、虐待は犯罪ですよ。」

非難をこめた強い視線をなつきは静代に浴びせた。何をいっているのだろうと静代は思った。

なつきの真意を測りかねて眉をひそめ首を傾げる。チューハイのグラスを右手に持ったままで。

「あすかちゃんに何をしたのか訊いているんですよ。場合によっては、わたし児童相談所に通報しますよ。」

まるで尋問だった。とんでもないことだと静代は思った。持っていたグラスを置き、顔の前でひらひらと手を振った。

「虐待なんて、そんなこと。わたしは、何も……。」

「したでしょ、あすかちゃんに。藤原さんて、よほど追い詰められなきゃ何かを変えようなどと思わないタイプだもの。違ってます?」

図星だった。なつきはしっかりと見破ってくれる。だから嘘をつかずに済むのだと、静代は胸の奥の方で安堵の息をつく。

「アイロンが……。ちょっと手の甲に当たっただけで……。」

口ごもりながら静代がいうと、

「やったじゃないですか。りっぱな虐待じゃないですか!」

なつきが怒った。怒りでなつきの顔が赤く染まった。周囲の喧騒が一瞬静まり返り、刺すような視線を浴びた。

「そんなに大きな声を出さないでよ。」

ひそひそと静代はいい、身をすくめた。

「場所、変えましょう。騒がしいと神経までいらだってしまいます。」

なつきはさっさと伝票を持って立ち上がった。そう遠くはない静かなホテルのラウンジに移動する。落ち着いて穏やかに話を聞こう。静代を追い詰めてはいけないと、なつきは自分自身にいい聞かせた。

静代は混乱していた。虐待などとんでもないと否定する自分と、虐待を認識している自分がいる。外側と内側の自分が時により入れ替わり、静代を不安にさせた。多少のペナルティは覚悟の上で、なつきには話を聞いてもらおうと思った。なつきの存在が感情の抑止力になっていることを、静代は感じていた。

十七階のラウンジからはイルミネーションに彩られた夜景が見渡せた。ジャズの生演奏が終わり、なつきも静代も小さな拍手を送った。

ワイングラスを揺らしながら、静代はカウンセリングを受けようと思い至った経緯をなつきに話した。あすかに静代さんと呼ぶと告げられたことも。

「静代さんかあ。なるほどねえ。少し距離を置いてみるってことかあ。あすかちゃんて、ほんと賢いっていうか、いい子ですよねえ。」

なつきの目に涙が浮かんだ。

「ほんと。わたしにそっくりだなあ。」

そういいながら、なつきはマスカラが落ちないようにマニキュアをした指先で睫《まつげ》を抑えた。

なつきの物言いが愉快だった。静代はふっと笑った。

「でもね藤原さん、いっときますけど、カウンセリングを受ければ全て解決するってわけじゃないですよ。」

なつきは、もう八年ほどカウンセリングに通っていた。心のマッサージのつもりで、胸の中にあるものを定期的に吐きだしている。母との関係や仕事のこと。ストレスの絶えない環境にあって精神のバランスを保っていられるのは、相性のいいカウンセラーに巡り合えたからだとなつきは思っている。

「あら、そうなんですか。わたしの内側を言い当ててくれたり、これからどうしたらいいかとか、教えてくれるとばかり思っていましたけど。」

静代は真顔でいった。危うくなつきはワインを吹きこぼすところだった。

「占い師じゃないっつうの。」

あきれ顔で静代を見る。

「トンネルから抜け出すには、自分の足で歩くっきゃないんだって。どっちの方向へ行くか決めるのも自分だしね。藤原静代自身の生き方が大事なんで、誰かが何かをしてくれるなんて、甘ったれてちゃだめなんです。」

ぴしゃりとなつきはいった。静代は頷きながら聞いていた。他人の言葉に素直に耳を傾けるなんて、今までなかったことだった。静代は自分の変化に驚いていた。

少し酔いが回ってきた。頭の芯がぼんやりとしている。静代はこめかみに指を置いて軽く揉みしだく。

「しかし、今更ママと呼ばれたいなんて、藤原さんも勝手なヤツですねえ。」

なつきは静代の顔をまじまじと見ていった。

「きっとそういわれると思ってました。」

静代は口を開けてハハハと笑った。なつきは大きく目を見開いた。見たことのない静代の笑い方だった。

「考えてみると、あすかは優しい子なのかもしれませんね。」

笑みを残したままで静代はいった。

「優しいわよ、優しくて賢い子よ。」

「なつきさんに似て、ですか。」

静代に不意打ちを食らった。笑いながら、なつきは清々しい思いに包まれていた。今夜のワインは格別に美味しい。この店の雰囲気もなかなかいい感じ。生きているってことも結構素敵なこと……。

裕治は成田で同僚の赤城《あかぎ》和真《かずま》と合流した。十二時に成田を発ち、ニューヨーク到着は翌日の十時となる。ほぼ定刻通り飛行機は成田を飛び立った。

「どうかしたの？　元気ないね。」

浮かない顔の裕治に隣席の和真が訊いた。裕治と和真は同期で、一番気の置けない友人だった。

「うん、ここのところいろいろとあってさ。人生いろいろ、一寸先は闇か光かって感じだよ。何があるかわかんないもんだなあ。」

脱いだ背広の胸ポケットから裕治は祖父の手紙を取り出した。すぐに読めるように手元の書類ケースに入れた。

「さっきおふくろに電話したら、再婚するっていうんだよな。驚いたねえ。」

裕治がいうと、

「それはおめでとう。いいことじゃないか。」

和真が答えた。

「とんでもないだろ、もう六十五だよ。今さら好きな人ができたなんて冗談じゃないぜ。恥ずかしくて顔から火が出る思いだったよ。」

和真は声を立てて笑った。

「へえ、おふくろさんかっこいいなあ。美人だしよく気が付く人だったよな。」

まだ若い頃に、和真は名古屋の裕治の家に遊びに行ったことがあった。

「かっこいいのかなあ。なんだか裏切られた気持ちなんだよなあ。」

裕治は深いため息をつく。裕治の落胆ぶりに和真は乾いた笑い声を上げた。

「おまえって、相当のマザコンだもんな。」

スコッチの水割りを口に含んで和真はいった。アルコールの苦手な裕治は熱いコーヒーを飲む。和真が開いた新聞の見出しが裕治の目に留まった。

「コンプライアンス法か。企業の中で守っていくのって、かなり難しいよなあ。」

裕治がつぶやく。

「そういえば、岡野どうしてるかな。」

和真が同期で入った同僚の名前を挙げた。岡野は和真と常に出世コースのトップを争っていたほどのエリートだった。その岡野が、銀行の不祥事の責めを一身に負って逮捕されたばかりだった。

「ばかだよなあ、あいつ。」

フフと裕治が嘲笑うのを和真は見咎めた。

「おまえさ、岡野のこと笑えるのか。」

和真は新聞を閉じて水割りを飲む。

「セクションが入れ替わっていたら、俺も岡野と同じことをしていたと思うよ。逮捕されたって聞いて背中に刃を当てられたみたいな、ひやりとした気持ちになった。俺の判断の基準も岡野と同じさ。事の善悪よりも損得を優先する。よほどの覚悟がなければ法も空手形になるよ。日常のモラルから大事にしていかないとな。」

和真の胸の内を裕治は初めて聞く。友人といっても会えば仕事の話か、差し障りのないスポーツの話が殆どだった。

「おまえがそういうことをいうの珍しいな。より高くより早くがおまえの信条だと思っていたよ。だからてっきり岡野のことも……。」

さすがに裕治は口ごもる。

「喜ぶと思ったんだろ。嫌なヤツだねえ。」

和真は苦笑した。

「俺さ、生き方を変えるように努力しているんだ。これからは、より深くより熱くにしようかな。せっかく働くんだから人に喜ばれる仕事をしていこうと思ってさ。」

「ええっ？　なんだよ。」

裕治は驚いてコーヒーの紙コップを取り落としそうになった。

「俺のいってること、そんなにおかしいかな。」

首をかしげて和真がいう。

「いや違うんだ。この間さ、おんなじ言葉を聞いたんだよ。人に喜ばれる仕事をしたいって。」

「へえ、同じ思いの人がいるんだ。誰？」

「うちの娘。」

「えらいなあ、いくつ？」

「ええっと、来月の誕生日がきて十二歳になるよ。」

「十二歳で俺の辿り着いた答えをすでに知っているってわけか。すごいな。」

和真はあすかのことを知りたがったが、裕治は提供する情報を何一つ持っていなかった。さすがに愕然とした。

「ずいぶんもったいないことをしているなあ。恵まれて父親になれたっていうのに。」

子どものいない和真は心底呆れたという顔で裕治を見た。

本を読む和真のとなりで、裕治は祖父の手紙を読んだ。裕治の知らないあすかと直人が、祖父の手紙の中で瑞々しく生きていた。裕治は思わずほほ笑んだ。

最後に。

あすかは、生まれてこなければよかったと、直人にいったそうです。これは重い言葉です。わずか十一年の人生で、心の死を思わせたのは、わたしを含め周りにいた大人の腑甲斐無さです。妹を傷つけてしまったと、直人も一生後悔し続けるでしょう。それを思えば直人にもまた、いらぬ罪を背負わせてしまったのです。それらは全て祖父であるわたしの罪であり、責任です。静代への愛情の注ぎ方が足らなかったことが悔やまれてなりません。

わたしたちの最愛の子どもたちは、幸いにも人に恵まれたようです。裕治くんや静代の分まで愛情を注いでくださる方々が、二人を育んでくださっています。有り難いことです。健気にも一人で道を探し、歩いていこうとしている直人とあすかを褒めてやってください。六十億に一つの奇跡で結ばれた父と子の絆を、どうぞ、どうぞ大切にしてください。

祖父の最後の言葉に、裕治は堪えきれず嗚咽を漏らした。祖父の愛にくるまれて子どもたちの心が育まれていたことを裕治は知る。

「どうした？」

涙の理由を尋ねる和真に、裕治は祖父の手紙を渡した。読みながら和真がつぶやく。

「父と子の絆は、六十億に一つの奇跡か……。」

裕治ははなをかみながらうなずいた。誕生会の招待状が和真の膝に落ちた。

「あすかちゃんの誕生パーティには間に合うように帰ってやれよ。残った仕事は俺が引き受けるからさ。」

和真は招待状を裕治に渡していった。

「おじいちゃんが俺に回してくれたんだよな。人に喜ばれる仕事を。」

微笑む和真の目に涙が光った。

あすか

開けた窓からさらさらと初夏の日差しが注ぐ。

「ばあちゃん。あすかの誕生会だけどどうしようか。」

祖母に電話を入れて直人は訊いた。何があっても誕生会をしてくれといった祖父の声が直人の耳に残っている。けれど祖母の気持ちはどうだろう。準備を進めていいものかどうか直人は迷っていた。

「やりましょ、じいちゃんの最後のプレゼントだもの。」

張りのある声で祖母はいった。

「元気そうだね、よかった。」

「わたしは大丈夫よ。有り難いことにじいちゃんが財産を残していってくれたの。毎日忙しくしているわ。」

「ええっ、じいちゃんてそんなに金持ちだったの？」

意外そうに直人が訊くと、祖母はフフフと笑った。

「わたしに内緒でね、人と志という財産をたっぷり貯金していたみたいよ。」

誇らしげに祖母は答えた。生前、祖父はさまざまなボランティア活動に参加していた。点字訳や図書館の本の整備や環境保全、青少年育成……。

「それからなんだったかしら。覚えきれないわねえ。」

指を折って数えている祖母の姿が直人の目に浮かぶ。世の中には、人の手と心を必要としている場所も人もたくさんあるもんだなあ。祖父はそういいながら、倒れる前日まで走り回っていたそうだ。祖父の死後、祖母の知らない人々が毎日のように訪ねてくるようになった。

「それがね、幼稚園の子から九十三歳のおばあちゃんまで幅が広いのよ。みんなね、じいちゃんの思い出をおみやげに持ってきてくれるのよ。驚くことばっかりでね。寂しがっている暇もないの。」

　それでも祖母は涙をこらえるように少し黙った。

「すごいなあ。じいちゃん、やるねえ。」

　温かな祖父の遺産に直人も胸が詰まった。

「あすかも元気になったようだし、じいちゃんの心配の種はあとは直人のことだね。試験の結果はどうだったの？」

　気を取り直すように祖母はいう。

「うん、合格したよ。秋から新しい学校が始まる。」

「まあ、おめでとう。じいちゃんもきっと喜んでるわ。」

　嬉しそうに祖母は声を弾ませた。祖母の喜びがまっすぐに直人に伝わってくる。

「ありがとうばあちゃん。じゃあ準備進めるからね。」

「ええ。お願い。楽しみにしているわ。」

　直人はしばらく受話器を置かずにいた。喜んでくれた祖母の思いに浸っていたかった。合格の報告をしても、静代はおめでとうをいわなかった。勝手に進路変更をしたことへのこだわりを、まだ捨てきれないでいるのだろう。寂しさを感じていた直人だったが、祖母の言葉に救われた。

六月の第四土曜日があすかの誕生日だった。爽やかに晴れた日。心地よく初夏の風が吹いていた。

「あすか、行こうか。」

直人が声をかけた。あすかには、橋本先生のレストランの開店パーティーがあるといってあった。連れ立って二人は元町へ出かけた。

最寄りの駅からMM線に乗り終点で降りた。駅から石畳を踏みながらなだらかな坂道を上っていく。道の両脇には洗練された洒落た店が並んでいた。あすかは目を輝かせて、「カワイイ、カワイイ」を連発させている。

商店街を過ぎてそのまま坂道を上りきると一気に視界が開けた。

「気持ちいいねえ。空の色がきれい。」

あすかは空を仰ぐ。背中で手を組んで伸びをする。

「本当だ。絵に描いたような夏空だね。」

直人も空を見上げる。真っ青な空に白い雲がぽかりぽかりと浮かんでいた。

「空はね、元気をくれるんだってじいちゃんがいっていたよ。だからね、心が空っぽになったと思ったら、空を見上げて何度も深呼吸しなさいって。」

「へえ、そうか。ようし僕らもやってみようか。」

直人はいい、あすかと並んで深呼吸をする。空の青さを吸い込み、心に溜まった思いを吐きだす。不思議に心が軽くなっていく。

「うん、元気をいっぱい詰め込んだよ。これでしばらくは大丈夫。」

あすかがにっこりと笑っていった。あすかの笑顔は直人の胸を熱くさせる。小さな僕の妹。その妹をこの一年、次から次へと津波のような悲しみが襲った。一度は飲み込まれ心を無くしかけていた妹が、今、明るい笑顔を見せてくれている。

「あすかの心にはじいちゃんがいて、しっかりとあすかを守ってくれているんだね。じいちゃんに感謝だね。」

直人がいうと、あすかは笑顔でうなずいた。

「お兄ちゃん、ここでしょ。すごくかわいいお店ね。」

目の前の青い切妻屋根のレストランを指してあすかがいった。店の前の植え込みには、黄色いミモザの花が咲きこぼれていた。

ドアを開けたあすかを橋本が出迎えてくれた。

「いらっしゃい。あすかちゃん、しばらくねえ。」

フリルのついた真っ白いエプロンがとてもよく似合っていた。

「開店おめでとうございます！」

あすかは元気な声でいって小さな花束を渡した。「まあ、ありがとう」橋本は直人と顔を見合わせて笑った。

あすかが入った瞬間、店の中で大きな拍手が起こった。訳が分からずにあすかは立ちすくんだ。いくつかのテーブルを見ると、あすかの知っている顔が並んでいた。晶がいる、茂がいる、祥司も、真田先生も薫と徹郎も。それに……。

「ばあちゃん！」

一番奥のテーブルに祖母の笑顔があった。

「ここへおいであすかちゃん。じいちゃんも一緒だよ。」

あすかの席の隣。引いた椅子の上に祖父の写真が置いてあった。

「しばらくだね、じいちゃん。」

まるで祖父がそばにいるようにあすかは話しかけた。

「不思議だねえ。橋本先生とみんな、お友だちだったんだ。」

あすかは目を丸くして驚いている。どっと大きな笑い声が起きた。直人もクックッと笑っている。

「まあほんとに、世間は広いようで狭いこと。」

笑いをこらえて祖母がいった。

「どうしますか？　もう少し待ちましょうか。」

橋本が祖母と直人に耳打ちをした。裕治と静代がまだだった。

「裕治さんは無理だとしても、静代は来るだろうにね。」

祖母は困惑気味にいった。静代は後で行くからといったきりキッチンにこもっていた。

「もういいよ。あの二人はアテになんないよ。ばあちゃん始めよう。」

直人が祖母の耳元でささやいた。

「みなさんをお待たせしても悪いものね。お願いしますね。」

そう橋本にいいながらも祖母は首を伸ばして、はめガラスのあるブルーのドアを見つめていた。ニンニクとチーズの焼けた香ばしい香りがして、パスタやパエリアや色とりどりのサラダが運ばれてきた。テーブルの上いっぱいに料理が並んだ。橋本があすかの前にバースデーケーキを置く。

「どうして?!」

不思議そうにあすかが訊く。

「今日はあすかちゃんのお誕生会なのよ。じいちゃんが約束したでしょ。あすかちゃんが誓いを守れたらご褒美をあげるって。」

あすかは大きな目をいっぱいに見開いた。

「それで今日の誕生会がじいちゃんからのご褒美なんだ。あすかが生まれた日をみんなで盛大に祝おうって。」

直人はいって十二本のろうそくに火を点けた。『ハッピーバースデー！　あすか』と描かれたバースデーケーキの上で、十二本のろうそくの炎がゆらゆらと揺らめく。

「じいちゃんありがとう。あすかはすごく嬉しい。言葉がないくらい……。」

あすかは祖父の写真にささやいた。

「さあ、あすか。一気に吹き消すんだぞ。唾かけないように気をつけろよ。後でみんなが食べるんだからな。」

直人があすかの頭をくしゃくしゃと撫でた。

「お兄ちゃんうるさいなあ。気が散るから黙っててよ。」

せーの。あすかが息を吸いこんだ瞬間だった。ドアが開いて静代が入ってきた。大事そうに箱を抱えている。

「ごめんなさい。遅くなってしまって。どうしてもきれいに焼き上がらなくて。」

静代はあすかの前に赤いリボンを結んだ箱を置いた。あすかがリボンをほどく。箱を開けると、ぺしゃんこのバースデーケーキが出てきた。ホイップクリームをたっぷり塗ったケーキの上に「HAPPY　BIRTHDAY　ASUKA」とチョコレートで描いてあった。十二本のローソクも立ててある。料理の苦手な静代が苦心して作った跡がうかがえた。レストラン特製のバースデーケーキと並ぶと静代の不器用さが際立った。

「やっぱり、いいわ。慣れないことをすると恥をかくわね。」

静代は泣きそうな顔でケーキを箱にしまいかけた。

「嬉しいな、ありがとう。わたしは静代さんのバースデーケーキを真っ先にいただきます。」

きらきらと目を輝かせてあすかがいった。

「ありがとう、あすか。」

あすかとしっかりと見つめ合って静代は微笑んだ。二つのバースデーケーキに灯ったローソクをあすかは一気に吹き消した。温かな拍手があすかを包む。祖父のご褒美は、あすかの心にある悲しみを希望に変えていった。祖母が立ち上がりふくよかな顔をみんなに向けた。

「皆さん、今日はあすかの十二歳の誕生会にようこそ。先月亡くなりましたあすかの祖父である夫が、皆さんにお会いすることをそれはそれは楽しみにしておりました。あすかを支えてくださった皆さんに、一言お礼をいいたいといっておりました。夫に代わりましてお礼をいいます。」

祖母は深々と頭を下げた。

晶と順子が、右手にジュースの入ったシャンパングラスを掲げて立ち上がる。

「あすか、お誕生日おめでとう。あすかが青葉小学校に来てくれてわたしたちは本当に感謝しています。『怒る時は、怒らなきゃ』といってくれたあすかの勇気に、どんなに力づけられたかわかりません。変わらない友情とあすかの勇気に乾杯！」

二人は声を揃えていった。カチカチとグラスが鳴る。優しい笑顔が光のようにあすかの心に降り注ぐ。あすかは目を閉じてそっと喉に手をやった。悲しみの痕はまだ固いしこりとなって残っている。パスタを皿に取り分けながら、直人は一年前の誕生日を思い出していた。

――おまえ、生まれてこなきゃよかったよな。

あすかにぶつけた言葉が、苦さとともに鮮やかに甦ってくる。あすかの心につけた深い傷はそのまま直人の傷となって残った。

「さあ、あすかちゃんへ言葉のプレゼントを贈りましょう。」

橋本がリボンと花で飾ったマイクを持ってきた。最初にマイクを受け取ったのは直人だった。

「妹のあすかは、十一歳の誕生日に精神的なストレスから声を無くしました。僕を始めとする家族が、本当は守るはずの家族が妹を傷つけてしまいました。」

いたたまれず静代はうつむいた。膝の上に乗せた手が震えている。

「じいちゃんとばあちゃんの溢れるほどの愛を受けて、なんとか妹は立ち直りました。立ち直ってたくましくなりました。僕が学校のことや友だちのことでとても悩んでいた時に、あすかはいってくれました。人は変わるために学ぶのだと。その言葉で一本の道しか見えてなかった僕の前に、無数の道が広がりました。変わることをおそれない勇気が湧いてきました。」

あすかは涙を浮かべて直人を見つめている。直人が微笑んだ。

「僕が、将来への夢を抱けるようになったのはあすかのおかげです。ありがとう、あすか。おまえ、生まれてきてくれて本当によかったよ。」

――ありがとう、お兄ちゃん。

直人の言葉が嬉しくてあすかの目から涙がこぼれた。薫と徹郎が立って静代と祖母に軽く頭を下げた。

「あすかちゃんは、めぐみにとって最初で最後の友だちです。重い障害があるめぐみは、話すことも歩くこともできずにいつも一人ぼっちでした。あすかちゃんと出会ってからのめぐみは生き生きとしていました。めぐみの存在に光を与えてくれたあすかちゃんに、心から感謝しています。お誕生日おめでとう。」

二人の肩と肩の間にめぐみの笑顔が見える。

「ありがとう、メグ。」

あすかは笑顔を返してつぶやいた。

「あすかさんと出会ったその日、僕は自信をなくしかけていました。わかったつもりでいても、子どもたちのことが何もわかっていないのではないかと、僕としては珍しく落ちこんでいたんですよ。そしたらわかろうとすればいいんだって、あのあどけない顔できっぱりといわれました。大事なことを気付かされました。ありがとな。」

ワインでほてった顔をなでながら真田がいった。あすかへの言葉のプレゼントはつづく。静代は感動しながら聞いていた。自分の知らないあすかが、人々の関わりの中でなんときらきらと輝いているのだろう。

——わたしはあすかを見ていなかった。あすかのことを何も知らなかった。

自分が疎んじてきた娘の存在の大きさに、静代は圧倒されていた。

「えー。みなさん。実は僕の親友、茂くんはあすかさんが好きです。黒沢先生にさからって交流委員をひき受けた時のカッコよさに、すっかりまいってしまったんです。茂くんはほんといいヤツです。あすかさん、すぐにノーといわないでください。親友として茂くんの恋を応援したいと思ってます。みなさんもぜひ応援してください。」

祥司の爆弾発言に、茂とあすかは体を固くしてうつむいた。二人とも顔も首も赤く染めている。祥司は涼しい顔をして着席し食事を続行している。

ぽっぽとほてる頬をあすかは両手で押さえた。

「よかったなあ、あすか。すっげえプレゼントもらったな。」

からかう直人の肩をあすかはぶった。店宛に届いた裕治からのメールを橋本が持ってきてくれた。

「あすかへ、パパからの言葉のプレゼントが届きました。」

立ち上がって直人はいい、裕治からのメールを読み始めた。

「おじいちゃんからの手紙を、ニューヨークへ向かう飛行機の中で、何度も繰り返し読みました。」

あすかはきちんと手を膝に置いた。祖父が裕治に送った手紙にはどんなことが書いてあるのだろう。しっかりと直人の声に耳を傾ける。

「おじいちゃんは、宇都宮でのあすかの様子をとても詳しく書いてくれていました。あすかが地面に座りこんでいた時間や、木登りが上手になったこと、虫やカエルがつかめるようになったとか。最初、僕は意味のない無駄なことだと思いました。」

みんなの目が吸い込まれるように直人に注がれていく。

「そんなあすかの行為一つ一つに、おじいちゃんは感動したそうです。あすかの心の豊かさだというのです。人生に無駄なことなどない。無駄と思われることにもまた深い意味があるのだと、おじいちゃんはいいます。机に座っていない時間はすべて無駄な時間だと教えられて育った僕には、頭を一撃されたようなショックでした。」

直人の手が震える。裕治の心と初めて通じ合えたような喜びを感じた。あすかは瞬きもせず直人を見つめている。

「豊かさとはなんだろう。直人がいった『生きる喜び』とはどんなことなのかと、自分の心に問い続けました。僕はこの年になって初めて、自分の心と向き合ったのです。あすか。君のよさを発見できなかったパパは父親失格です。これからパパは、きみの豊かさを学んでいこうと思っています。どうしてもパーティーに出席したくて、仕事を大急ぎで片付けてきました。今、成田空港に着いたところです。これからまっすぐに君の元へ走ります。間に合わなかった場合に備えて、メールを送っておきます。心からきみの誕生を感謝しています。おめでとう。あすか。」

静代はナプキンで顔を覆った。乱暴に音を立てて座った直人の目から、涙が溢れてこぼれた。

ナプキンを置いて静代がマイクを持った。

「あすかが声を無くしたのはわたしのせいです。いつも表面ばかりいい娘、いい母親を演じてきました。問題に立ち向かう勇気も知恵もなくて、姉と両親を、そしてあすかと直人をひどく傷つけてきました。あすかには本当にひどい母親でした。」

重く沈んだ声で静代がいう。指先がテーブルの陰で小さく震えている。

「今、カウンセリングに通い始めたところです。しっかりと自分を見直して、あすかと新しい母と娘の関わりを持てるようになりたいと思っています。誰の世話にもならないなどと、できもしない意地を張ってきたことが恥ずかしくてなりません。一人では生きていけないということを、皆さんの言葉に思い知らされました。未熟な母親ですので皆さんのお力を貸していただきたいと思います。これからもあすかをよろしくお願いいたします。」

着席するとそのまま静代はテーブルに顔を伏せて泣いていた。

「ごめんなさいねえ。おまえには辛い思いをさせてしまって悪かったねえ。」

小さな子にするように、祖母は静代の背中を優しくさすった。

「静代の木がね、じいちゃんと植えたコブシの花が来年の春には咲くと思うの。わたし、一生懸命世話をしているからね、見に帰っておいでね。」

祖母の言葉に静代は泣きながらうなずいている。

贈られた言葉のプレゼント一つ一つを、あすかは心の中で広げてみる。直人の言葉、薫の言葉……。そして、裕治と静代の言葉。喜びが溢れ、幸せが溢れ、あすかの胸はいっぱいになった。

あすかはそっと洗面所に立った。涙に濡れた顔を冷たい水で洗った。

「じいちゃん、すごく素敵なご褒美だね、ありがとう。」

声に出してあすかはつぶやく。鏡には眩しいほどにかがやく笑顔があった。

「ハッピーバースデー、あすか。生まれてきてよかったね。」

鏡に映った自分にあすかはとびっきりの笑顔でいった。


食後の紅茶を飲みながら、祖母の話に全員が聞き入っていた。

「宇都宮の家をね、心に傷を負った子どもたちや田舎のない子どもたちがいつでも遊びに来られるようにしたいの。じいちゃんが計画してもう準備を始めていたのよ。障害者の作業所も別棟に建つことになってね。ばあちゃんは大忙しなのよ。」

「それいいね。僕、宇都宮から通える大学にしようかな。あと二年したら僕も手伝えるようにするよ。」

直人が嬉しそうにいった。

「わたし行ってみたい。夏休みに遊びに行ってもいいですか。」

大きく手を挙げて晶と順子がいった。茂と祥司も行く行くと叫んだ。

「よし、みんなで行こうよ。遊びじゃなくて手伝いに行くんだぞ。」

真田がいうと薫も徹郎も橋本も大きくうなずいた。祖母は目を丸くして嬉しそうにみんなの顔を見回した。

「ぜひいらっしゃいね。じいちゃんも喜びます。長い人生でいただいた恩を、きちんとお返しして土にかえろうとよくいっておりましたもの。じいちゃんの心を直人やあすかやみなさんに伝えることができるなんて、こんなにうれしいことはありませんよ。」

涙ぐむ祖母の背中を今度は静代がさすった。あすかはデザートのシャーベットを口にしてくりくりと目を動かす。

バッターン。

音を立ててドアが開いた。

汗まみれの裕治がテディベアの大きなぬいぐるみをかかえて立っている。ハアハアと肩を揺らして荒い息をついている。どんなに急いで駆けてきたか一目でわかった。

「セーフ。お父さんの逆転ホームインだ。よかったな、藤原。」

真田がいうとみんなは拍手で裕治を迎えた。

「ありがとう」とかすれた声で裕治はいった。まだゼイゼイと苦しい息の音がする。しばらく息を整えた後、大きな声で裕治は叫んだ。

「ハッピーバースデー！　あすか。」

あとがき

『ハッピーバースデー　命かがやく瞬間《とき》』は、児童書として一九九七年の冬に刊行されました。子どもたちは「ぜひ大人に読んでほしい本」として、「お母さん、この本読んで」「先生、読んでみて」と、大人たちに薦めてくれました。

毎夜のように夫といさかいをしていた母親は、心優しい中学生の長女からこの本を手渡されました。読み進めていくうちに本の中から黙々と家事をこなす長女の叫びが聞こえてきて、ハッとしたそうです。夫への怒りに気をとられ、子どもたちの存在を忘れかけていたと……。

いじめの問題で頭を悩ませていた教師の元へ、「みんなで読もうよ」と、一人の児童が本を持ってきました。毎朝数行ずつクラス全員で読み合いをしていくうちに、親の間にも広がり感想が寄せられ、それぞれが互いの存在の大切さに気付いていき、本を読み終わる頃には、いじめは自然消滅していたといいます。

息子との確執に悩んでいた父親は娘に薦められ、電車の中で読み始めて涙が止まらなくなったそうです。「あすかは私であり、静代も裕治もわたしの分身だ」という父親は、理解不能としていた息子の心がようやく見えてきたといっていました。

子どもたちの心の叫びを伝えたくて、教育カウンセラーの青木和雄氏と共に心の処方箋シリーズを書いてきました。『ハッピーバースデー　命かがやく瞬間』はその中の一冊となります。カウンセリングに訪れる子どもたちの思いを紡いで書いていますので、子どもたちのリアルな日々が本の中に映し出されているかと思います。不登校、差別、いじめ、虐待、命と死という重い題材をテーマにしたシリーズですが、多くの子どもたちが、自分の問題として捉えてくれているのは嬉しいことです。うまく言葉にできない自分の思いを本の中に探し当てているのかもしれません。だからこそ、自分の身近な大人たちへ手渡しているのだと思います。

できるだけ幅広い読者の方にお読みいただきたいと思ったことと、虐待をするに至った静代の気持ちをもっと知りたいというたくさんの読者からのメールに背中を押されて、今回の文芸書版『ハッピーバースデー』の刊行となりました。オリジナル版に加筆修正して、より家族の姿をクローズアップさせた作品としました。

本作品で、静代の理解者として初登場した星なつきは、自身と母親との関係を「虐待の一歩手前だった」と語ります。ゆるやかな虐待といわれる心理的虐待は、どこの家庭にも潜んでいる見えない棘《とげ》なのではないかと思います。静代もそれと気付かないままに二人の子どもたちへ心理的虐待を繰り返していました。「直人くんは、パパとママの希望の星なんだからね。すごく期待しているのよ」という静代の言葉にも棘は含まれています。溢れる愛を注いでいるかのように見えますが、静代が意識しているのは直人の存在よりも、周囲からの自分の子育てへの評価です。「そろそろ解放してほしいんだよ、ママのいい子から」と直人が静代の思いを振り切るのは、自立するために必要な選択だったろうと思います。

静代があすかに投げつける「生まなきゃよかった」「消せるのは声だけ？ 姿も消してみたらどうなの」という言葉は毒のついた棘です。存在を否定され、深く傷ついたあすかは声を発することができなくなり、祖父母の家で心の休息をとることになります。

「怒る時は思いっきり怒れ。悲しい時は思いっきり泣け。じいちゃんが受け止めよう」という祖父の深い愛に包まれ、受容され、あすかは自分の存在への自信を持ち始めます。

ある日、小学生の頃の静代の日記を見つけたあすかは、静代の心の痛みに涙します。静代もまた存在を忘れられた子どもだったのです。あすかを見守る優しい祖父母でしたが、早世した長女春野の看病に気を取られ、静代の思いを汲み取ることができませんでした。家族の誕生の木がある庭にも静代の木はありませんでした。祖母の思い出話に登場するのは春野ばかりで静代の存在は薄いものでした。あすかは静代の痛みを自分のこととして受け止めます。誰にでも弱さがあり、過ちを犯す可能性を持っているのだということを、あすかは知ります。

人は変われる。そのために学ぶのだ、とあすかはいいます。その言葉に触発され、直人は自分の道を歩み始めます。裕治と静代の固くて狭い価値観は、新しい世界に飛び出した子どもたちと星なつきによって粉砕されていきます。人は人と関わって、いくつもの殻を破り大きく成長していくのだと思います。祖父の畑のようにぐるぐると互いの存在を生かしあって、豊かな社会にしていければどんなにいいでしょう。忘れてならないのは、すべての命が恵みであることと――。私たちの命もまた、尊い恵みなのです。祖父の手紙にあるように、親と子は六十億分の一の奇跡的な出会いなのだと思います。

「私はここにいるよ、忘れないで……」と心の声でささやく子どもたちの存在を、大切に育んでいきたいものです。

本作品から、そうした子どもたちの思いが、どうか、届きますように……。

二〇〇五年四月

吉富多美

この作品は一九九七年刊『ハッピーバースデー　命かがやく瞬間』に大幅に加筆・修正したものです。

青木和雄（あおき　かずお）

神奈川県横浜市に生まれる。横浜市教育委員会指導主事、横浜市立小学校長等を経て、現在、教育カウンセラー、法務省人権擁護委員、神奈川県子どもの人権専門委員長、保護司。
主な著書に『ハートボイス』『ハッピーバースデー』『ハードル』『HELP!』（金の星社）など。横浜市在住。

吉富多美（よしとみ　たみ）

山形県新庄市に生まれる。横浜市児童福祉審議会委員等を務める。著書に『アニメ版ハッピーバースデー』『アニメ版ハードル』『リトル・ウイング』、青木和雄との共同執筆作品に『イソップ』『ハードル２』（金の星社）などがある。横浜市在住。

ハッピーバースデー

初版発行　2005年４月
第15刷発行　2005年９月

作　者　青木和雄　吉富多美

発行所　株式会社　金の星社
〒111-0056　東京都台東区小島1-4-3
TEL. 03(3861)1861　FAX. 03(3861)1507
振替00100-0-64678　http://www.kinnohoshi.co.jp

印　刷　三浦企画印刷
製　本　東京美術紙工

乱丁落丁本は、ご面倒ですが小社販売部宛ご送付下さい。
送料小社負担にてお取替えいたします。

263p　19cm　ISBN4-323-07056-X
Published by KIN-NO-HOSHI SHA Co.,Ltd. Tokyo Japan

親子で、先生と生徒で、世代を超えて
わかちあえる感動が必ずある――

青木和雄　吉富多美

［心の処方箋シリーズ］

[児童書版] ハッピーバースデー　命かがやく瞬間

母親の心ない一言から声をなくした少女が自然や祖父母の力で立ち直り、変わっていく姿を描いた児童書異例のベストセラー。

ハートボイス　いつか翔べる日

教師の横暴な一言が原因で不登校になった少年から見た、いじめや差別、受験に悩む子どもたちの必死に生きる姿。

ハードル　真実と勇気の間で

中学校で起きたある生徒の転落事故。事件か事故かの解明よりも事実をひたすら隠そうとする大人たちに少年たちが立ち上がる。

ハードル2

エスカレートしたいじめにより死に直面し、心も体も傷ついた少年が、再び生きる力を取り戻していくまで。

イソップ

ある事件が元で名門校を退学した少年。転校先でイソップと呼ばれる一人の生徒と出会い、人との関わり方を変えていく。

リトル・ウイング

のんびりした娘を見守る親と、活発な少女にさらに完璧を求める親。狭間で揺れる子どもたちをファンタジーに織り込んで描く。

＊難しい漢字はふりがな付きで小学校高学年からお読みいただけます。

HELP!　キレる子どもたちの心の叫び

教育カウンセラーの著者が見た、虐待、いじめ、少年犯罪。子どもの心の問題を浮き彫りにする『ハッピーバースデー』の原点。